騎士に捧げる騎士の初恋

WAKI NAKURA
名倉和希

CHOCOLAT BUNKO

ILLUSTRATION ひゅら

CONTENTS

心が震えるような出会いというものを、ダリオ・パースは三十二歳にしてはじめて経験した。彼の蜂蜜《はちみつ》色の髪が光り輝くように見え、濃紺の軍服に白い肌とともによく映《は》えている。

年の頃はダリオより五つか六つ年下で、二十代後半だろうか。すらりと細身だが敏捷《びんしょう》性《せい》がありそうな体つきだ。

あまりにも凝視《ぎょうし》し過ぎたのかもしれない。彼は正面を向いたまま、視線だけ動かしてダリオを見た。水色のきれいな瞳だった。目が合った瞬間、心臓が止まるかと思うほどの衝撃を受けたが、長年の鍛錬《たんれん》のたまものか、表情には出なかった――と思う。

なぜか顔が熱くなってきそうだったので、ダリオは慌てて視線を逸らした。視界の隅で、彼が戸惑ったように目を泳がせたのが見えたが、自制心を総動員して顔を動かさなかった。

「お目にかかれて光栄です。父の名代《みょうだい》として参りました、マーガレット・アリンガムと申します」

「遠路はるばる、よく来てくれた。マーガレット王女」

ダリオの斜め前にある一段高くなった場所に、玉座《ぎょくざ》が設《しつら》えてある。そこには大陸一の大国ラングフォード王国の現王ナサニエルが座っていた。金髪碧眼《きんぱつへきがん》の美丈夫《びじょうふ》で、今日も純白の詰襟が似合っている。

友好国アリンガム王国の王女マーガレットは十八歳。黒褐色《こくかっしょく》の豊かな巻き毛を背中に垂らし、生き生きとした鳶《とび》色の瞳で物怖《ものお》じすることなくナサニエルに微笑みかけている。とても魅力的な女性ではあるが、その背後に護衛の騎士としてひっそりと立っている存在を、ダリオは意識せずにはいられない。

一目で意識のすべてが持っていかれるような体験ははじめてで、ダリオは内心密かに動揺していた。

（この騎士が、強そうだから、気になるのか？）

自問自答してみる。しかし、腕が立ちそうな騎士は、ほかにも何人か見かけた。

現在、王都カノーヴィルならびに王城内には、通常の何倍もの貴族と王族が滞在している。一週間後に控えた、ナサニエルの結婚式のためだ。ダリオは近衛《このえ》騎士団長という役職柄、かなりの人数の護衛の騎士たちと会っている。そのだれとも、目が合っただけで動揺することなどなかった。

長く病床にあった前王ディミトリアスが退位したのは一年前。ナサニエルは即位してからまだ一年の新王だ。王太子時代から王の代理として国政に携《たずさ》わってきたため、代替わりはとくに問題なく済み、国は安定している。そしてナサニエルは、結婚することを決めた。

彼には、二年前から生涯の伴侶《はんりょ》と決めた相手がいた。

名を、ジーン・リーヴィという。男性だ。

歴史あるラングフォード王国はじまって以来の同性同士の結婚を決めたナサニエル。過去に美青年を寵愛《ちょうあい》しながらも妻帯し、世継ぎをもうけた王は何人か存在したが、正式に伴侶として議会に認めさせ、教皇《きょうこう》の許可を得て結婚した前例はない。

けれど国として盤石《ばんじゃく》の財政力と軍事力を持つラングフォード王国の国民は、日々の平和さえ保証されれば雲の上の存在である王族の私生活までは口出ししないと決めたのか、純愛を貫いた新王の選択を許し、受け入れた。伴侶として愛されたのが、長年、行方不明《ゆくえふめい》だった新王の異母弟を守り育てていた人物だったという事情もあっただろう。

ダリオはこの結婚を心から祝福している。一人も愛妾《あいしょう》を持たないナサニエルの孤独な生活を、幼馴染みとして憂《うれ》いていたからだ。ナサニエルが幸せを見つけることができてよかった。ダリオ自身は独身で、この先も家庭を持つ気はないことは棚に上げている。

「それでは、失礼いたします」

マーガレットが一礼して下がっていく。護衛の騎士も静かに退室していった。背筋がぴんと伸びた美しい後ろ姿を、ダリオはここぞとばかりにじっと見つめた。

それから何組かの招待客の挨拶を見守り、ナサニエルが玉座から下りたのを機に、ダリオも謁見の間から自分の執務室に移動した。つい早足になる。肉体派のダリオにとっては苦手な部類になる事務仕事が、山ほど待っているから――ではない。いま、どうしても調べたいことがあるからだ。

近衛騎士団長の執務室では、副団長のウォレス・ハワードが待っていた。

「お帰りなさい」

ダリオより二つ年下の三十歳。短い銀髪と鷲鼻《わしばな》が特徴のハワードは、ダリオと同様に肉体派でありながら、そこそこ事務仕事ができる有能な男だ。

「ハワード、アリンガム王国の資料を出してくれ」

なぜいまアリンガム王国なのか、とハワードは余計なことを尋ねることなく、執務室内の棚から冊子を出した。冊子には、アリンガム王国の概要がざっと文章で書かれており、今回、王都入りした面子《めんつ》の氏名と年齢、性別、役職などが一覧になっている。

(あった……)

マーガレットの護衛隊長である騎士の名前だ。

レイモンド・ブラナー。二十七歳。

この若さで、小国とはいえ一国の王女の護衛隊長になっているのだから、きっと腕は立つのだろう。

(一度、手合わせ願いたいものだ……。頼んだら、付き合ってくれるだろうか)

そんなことを考えていたら、ハワードが気遣わしげに覗《のぞ》きこんできた。

「団長、なにかありましたか?」

「いや、特にないが、まあ、ちょっと……」

自分でも説明がつかない。なぜ彼ばかり気になるのか。

けれど、なんとなく、右腕のハワードといえども簡単に打ち明けてはいけないように感じ、ダリオは言葉を濁した。

「マーガレット王女は噂に違《たが》わず、美しい人だったようですね」

「え？」

「それで気になってアリンガム王国の資料を再読したくなったわけではないんですか？」

「ああ、いや、そうだ。美しい人だった」

ダリオは乾いた笑いをこぼして資料を閉じる。それを受け取り、ハワードが棚に戻した。

「ですが、ご存じだと思いますけど、マーガレット王女は出戻りですよ」

「出戻りとは言葉が悪いな。形だけの、たった半年の結婚生活だったそうじゃないか」

近隣諸国でマーガレットの事情は知れ渡っている。

王家の娘として、彼女は幼少の頃から隣国の王子と結婚することが決まっていた。しかしその王子は生まれつき体が弱く、二十歳を超えて生きることは難しいと医師に言われていたらしい。マーガレットは成人として認められる十六歳になると同時に、結婚。しかし、わずか半年後に夫の王子は病死してしまい、母国のアリンガム王国に戻った。そして一年の喪《も》に服した。

半年前に喪は明けており、今回の招待に父親であるアリンガム王国の国王の名代としてやってきたわけだ。国王は体調が悪いという理由で欠席だが、じつは後宮に入り浸りで国政に興味を失っていることもまた、近隣では有名な話だった。

マーガレットには兄がおり、王太子としてすでに国政に関わりつつあると聞いている。結婚しているがまだ子供はなく、活躍しているという話は聞こえてこない。国民からはマーガレットの方が人気を集めているらしい。

人気者の王女の護衛隊長レイモンドとは、いったいどんな人物だろう。

「ちょっと、マーガレット王女の様子を見てくる」

「私も同行します」

ダリオが気にしているのでハワードが興味を抱いたらしい。執務室を出るとついてきた。来賓の中でも王族には、王城内に部屋をあてがっている。それ以外の客には、王都カノーヴィル内に屋敷を持つ国内貴族に部屋を提供してもらい、もてなしてもらっていた。国を挙げての祝賀行事なので、どの貴族も協力的なのがありがたい。だれがどこに滞在していて、警備の状況はどうなっているのか、すべてを統括《とうかつ》しているのは外務大臣と正規軍の司令官だが、ダリオももちろん把握していた。

マーガレットはナサニエルに挨拶したあと、部屋で休んでいるはず。ダリオが部屋の前まで行くと、扉の両脇には濃紺の軍服を着た騎士が二人、立っていた。

「ラングフォード王国の近衛騎士団長、ダリオ・パースだ。マーガレット王女にお会いしたい。取り次いでくれ」

騎士は冷静に対応してくれ、扉を開けてくれた。入ってすぐは控えの間。数人の従者がいた。レイモンドの姿はない。白髪混じりの金髪を完璧に結い上げた、厳しそうな面立ちの女官《にょかん》が歩み出てくる。

「女官長のタラと申します。こちらへどうぞ」

促されて、さらに奥へと進む。三つ目の部屋に、マーガレットがいた。先ほどとは違うゆったりとしたドレスに着替え、ダリオを笑顔で迎えてくれる。その後ろに、レイモンドがいた。正面からパチリと目が合う。ダリオの背が、電流が走ったかのように震えた。

ぎくしゃくした動きにならないよう、気を遣いながら片膝をつく。

「マーガレット王女、突然申し訳ありません。近衛騎士団長のダリオ・パースと申します。特に緊急の用事というわけではありません。なにか不便なことや、必要なもの、気になったことはありませんか」

「まあ、ラングフォード王国では近衛騎士団長さんがみずからご機嫌伺いをしてくださるの。嬉しいわ」

マーガレットはころころと明るく笑い、「とても快適です」と答えた。

「私、ラングフォード王国ははじめてですの。とても大きな国で、びっくりしました。滞在中、一度は街へ出かけたいのですけど、よろしいかしら?」

「警備についてしっかりと準備をすれば、可能だと思います」

ちらりとレイモンドを見遣れば、視線を合わせてちいさく頷く。了解した、という意味だろう。これでレイモンドと言葉を交わす機会ができた、とダリオは密かに喜んだ。

それから二言、三言、短い会話をしたあと、ダリオとハワードはマーガレットの居室を出た。レイモンドがついてきて、控えの間で足を止める。

「パース団長、ハワード副団長、わざわざ足を運んでくださり、ありがとうございます。私はアリンガム王国の騎士、レイモンド・ブラナーと申します。マーガレット殿下の護衛として同行してきました。これから帰国の日まで、よろしくお願いいたします」

きっちりと頭を下げるレイモンドは、ひとつひとつの所作が洗練されていて無駄がない。指先の動き、目線ひとつまで、美しかった。気を抜くとぼうっと惚《ほう》けてしまいそうな自分を叱咤《しった》しなければならないほどだった。

女官のタラを加えてマーガレットの外出について話し合った。

王都カノーヴィルに入ってから王城までの道すがら、馬車の窓からマーガレットは大通りに並ぶ宝飾《ほうしょく》店や生地《きじ》屋に歓声を上げていたという。おそらく買い物がしたいのだろう、とタラが話した。

「では、日取りは明後日、もし天気が悪ければその翌日にしよう。主な警備はそちらの騎士が行うが、補助として我が国から数名の警備兵を出す。移動用の馬車は装飾のない目立たないものを、こちらが用意する」

ダリオの言葉に、タラが感動したような目を向けてくる。

「ありがとうございます。そこまでしていただけるなんて、思ってもいませんでした。自分たちを卑下《ひげ》するわけではないですが、ラングフォード王国にとって我が国はそれほど重要ではありませんから」

レイモンドもタラの言葉に同意している。ダリオの中に、国の大小でもてなし方を変化させるという考えはなかった。

「我が君の結婚を祝うために、あなた方は遠路はるばる来てくれた。希望はできるだけ叶えたいと思っている。マーガレット王女が街を自由に散策することは無理だが、馬車で出かけて少し買い物するくらいはできるだろう。私たちなりに安全に楽しめるよう努力するので、うまく連携していこう」

「はい」

タラが早速マーガレットに外出の件を伝えに行くため、身を翻《ひるがえ》す。

「パース団長、私からもお礼を言わせてください」

レイモンドが水色の瞳をきらきらさせて、「ありがとうございます」と握手を求めてきた。

一瞬、戸惑ったが、断る理由がない。いささか緊張しながら手を差し出すと、レイモンドは両手でぎゅっと握ってきた。心臓を鷲掴みされたような感覚に陥《おちい》った。

レイモンドの白い手は、ダリオよりも小さかったが、騎士らしくてのひらは固い。剣によるタコができていた。

「パース団長にお会いできて、大変光栄に思っています。ラングフォード王国の近衛騎士団にこの人ありと言われている当代随一の騎士に一目お会いできたらと、期待していました。こんなに早く……初日から言葉を交わすことができたなんて、嬉しいです」

レイモンドが握手の手を離さないまま、すこし照れながら感動を伝えてくるものだから、ダリオは手を解いていいのかどうかわからずに戸惑う。

「ほう、わが団長は近隣諸国でそんなに有名人なのですか」

ハワードが横から話しかけたのでレイモンドの注意が逸れた。ダリオはそっと手を離し、なにやら心臓がドキドキしている不可思議な現象に首を傾げる。

「騎士の中でパース団長の名を知らぬものはおりません。帰国したら、お会いしただけでなく言葉も交わすことができたと、自慢したいです」

レイモンドが少年のような瞳で見上げてくるのがくすぐったくて、ダリオは「詳しいことはまたあとで」とそそくさと控えの間を出た。後ろについてくるハワードが、楽しそうにクククと笑う。

「近衛騎士団の中に団長の熱烈な信奉者がいることは当然ですが、まさか他国にもいたとは思いませんでした。どんなふうに団長の話が伝わっているのか、興味がありますね」

「余計なことに興味を抱かなくていい」

照れ隠しでムッとした顔をしてみせたが、ハワードは笑うだけだった。

その後、レイモンドたちと何度か話し合いを重ね、警備の詳細を詰めた。

外出当日、晴天にも恵まれ、マーガレットの外出は滞りなく終わった。満足のいく買い物ができたようで、レイモンドがダリオの執務室まで礼を言いに来てくれた。ちょうど休憩時間だったために引き留めて、いっしょにお茶を飲んだ。

やはり茶器を持つ動作すらも美しく、ダリオはどうしても目を奪われてしまう。あまり無言で見つめすぎていては不審《ふしん》に思われるだろうと、自分もお茶を飲みながら話題を探した。もともと話術が巧みな方ではない。こういうときに頼りになるハワードは、いま席を外していた。

「その、君はなにか買い物をしたのか?」

「なにも買っていません。警備に徹していたので」

当然の返答だ。しかし土産《みやげ》を買う機会を逸したのは事実なので、ダリオは思い切って「酒は好きか?」と聞いた。唐突過ぎたようだが、レイモンドは微笑んで答えてくれた。

「あまり酒に強くはありませんが、果実酒は好きです」

「それはちょうどいい。パース家の領地では果実酒を造っている。君の好みに合うかどうかわからないから、試飲用に一本渡そう。もし気に入ったのなら一箱贈る。土産として国に持って帰るといい」

レイモンドは目を丸くして驚いた。

「とてもありがたい申し出ですが、そんなことまでしていただくわけにはいきません。もし持って帰るのだとしたら、正規の代金を支払います」

「いやいや、私が勝手に言い出したことだ。代金をもらったら、それこそ押し売りになってしまう」

ダリオは笑って席を立ち、執務机の背後にある扉を開けて、奥へと入った。そこから果実酒の瓶を一本取ってくる。

「これだ」

差し出した瓶を、レイモンドは反射的に受け取ってしまってから、ハッとした。

「いえ、ですから、代金を」

「これは試飲用だ」

レイモンドはしばらくじっと瓶のラベルを見下ろし、やがて「わかりました」と受け取ってくれた。けれど不満そうに睨み上げてくる。

「これはいただいていきます。けれど、持ち帰る分の代金は絶対に支払いますから」

結構、頑固者らしい。このくらいのやり取りはなんでもないことなのに、おそらく潔癖《けっぺき》な性格なのだろう。不正や賄賂《わいろ》など、絶対に許しそうにない。マーガレットはレイモンドのこうした性格を信用して、護衛隊長に据えているのかもしれない。

「あの、ひとつ伺ってもいいですか」

「なんだ？」

「執務室の納戸《なんど》に果実酒を置いておく理由はなんでしょう？」

レイモンドはダリオの背後の扉をちらちらと見ている。まさか果実酒を飲みながら仕事をしていると誤解されたのだろうか。

しかし、事情を知らなければおかしな想像をしてしまうのは当然だ。

「奥の部屋は、私の私室だ。あそこで寝起きしているので、寝酒用に何本か置いてある」

「えっ、そこの部屋で寝起きしているのですか？」

目を丸くしたレイモンドの表情は、綺麗なだけでなく可愛らしくもあり、ダリオは自分の顔の締まりがなくなっていくのを感じた。初対面のときは、恐ろしく整った顔で毅然《きぜん》としていた。その美しさに目を奪われたが、こうして何度か話すうちにどんどん新しい表情を見せてくれるようになり、どれもこれも画家に描かせて額縁に入れて飾っておきたいくらいに素晴らしい。

「ラングフォード王国の近衛騎士団長が、その納戸のような、狭そうな部屋で？」

口走ってしまってから、レイモンドは「失礼しました」と口を手で押さえる。

「いや、君は間違っていない。私の前の団長は、この部屋を甲冑《かっちゅう》の置き場に使っていた。一応、王都内に屋敷はあるのだが、ここから遠くてね。面倒くさいからこの部屋に寝台を入れた。自慢ではないが、私は書類仕事が苦手だ。執務室で夜遅くまで書類と格闘したあとは、さっさと休みたい。独身だし、ここで寝起きして、とくに不自由を感じたことはないな。ハワードにはときどき、いい加減にしろと叱られるが……」

レイモンドはぽかんと口を開けてダリオを見つめ、しばらくしてふふふと笑った。

「大陸一の騎士と讃《たた》えられるパース団長なのに、とても面倒くさがりだったのですね。意外過ぎて、すみません、笑いが止まりません」

笑うと子供のように可愛らしい顔になる。ダリオはこの青年をずっと笑わせていたいと思った。

◇◇◇

国王の結婚式を三日後に控え、ラングフォード王国の王都カノーヴィルはいっそう慌ただしさを増していた。しかしその喧噪《けんそう》は、王城の中までは伝わってこない。

招待客の従者たちは、王城の敷地内に建てられた宿舎の部屋をあてがわれ、そこで寝起きしている。宿舎は本来は近衛騎士たちが使用しているらしいが、王都内に自宅がある者たちは期間限定でそちらに移り、部屋を空けてくれたと聞く。

レイモンドも宿舎の部屋からマーガレットの居室に通っていた。宿舎は二人部屋で、浴場と厠《かわや》は共同、食堂で三食出してもらえるのはありがたかった。ラングフォード王国が今回の祝賀行事のために、いったいいくら出費をすることになるのか、想像すると恐ろしい。小国のアリンガム王国では不可能な規模だった。

宿舎は何棟も並んで建てられており、中庭は騎士たちの武術の鍛錬場となっている。非番の騎士たちが剣を交えていたり、弓を引いたりしているのを横目に見ながら、レイモンドは王城へと向かう。

この国の近衛騎士たちの技術水準は高い。ちょっとした練習風景を見ただけで、それはわかる。彼らを率《ひき》いるダリオが、いったいどれほどの腕なのか、ひとりの騎士として非常に興味があった。当代随一と讃えられている騎士だ。実際に剣を振るうところを見てみたい。

（もし、叶うなら、国に帰る前に一度手合わせ願えないだろうか……）

噂通りに高潔で頼もしい近衛騎士団長に会うことができ、レイモンドは感動した。憧憬《どうけい》の念を抱いている。自国には、レイモンドよりも腕が立つ騎士はいない。唯一、相手ができるのは、同期の騎士スタンリーくらいだった。

ダリオのあの恵まれた体格、公平であろうとする精神、そして優しいまなざし——。

レイモンドもラングフォード王国に生まれていれば、彼の部下になれたかもしれない。考えても仕方がないことだが、この国の騎士が羨《うらや》ましく感じてしまう。とはいえ、レイモンドは忠誠の誓いをたてたアリンガム王国の王室を裏切るつもりはまったくなかった。誓いをたてたなら、なにがあっても貫くものだと教育されているし、マーガレットに信頼されて外遊の護衛隊長に任命されたことは誇らしい。騎士としての名誉のためだけでなく、マーガレットを守りたいと思う。

それでも、帰る日が確実に近づいていることを考えるとため息が出てしまうのだ。

結婚式に出席したあと、数日は滞在する予定だが、そののちには帰国する。マーガレットがこの国に長逗留《ながとうりゅう》する理由がないからだ。マーガレットが帰るなら、レイモンドも帰らなければならない。

ダリオからもらった試飲用の果実酒は、とても美味《おい》しかった。もったいなくて、すべて飲み干してはいない。帰国するときは、買えるだけ買っていこうと決めた。持ち帰った分を飲んでしまったあとは、ダリオの領地に問い合わせて定期的に送ってもらおう。もちろん代金はちゃんと払う。どんな方法でもいい、ダリオとは繋がりを持っていたかった。

「ブラナー、ここにいたのか」

王城に入ったところでダリオに会った。彼の背後には揃いの騎士服を着た騎士が五、六人ほど付き従っている。どこかへ移動する途中だろう。

「さっきマーガレット王女の居室を訪ねたが、君は留守だった。これから護衛の当番なのか」

「はい、そうです。私になにか御用でしたか？」

「いや、たいした用ではないが――」

　ダリオはちらりと自分の背後に視線を飛ばし、部下の騎士たちを気にした。レイモンドに近づき、内緒話のように声を潜める。

「果実酒の件を聞きたかった。試飲してみたか？　どうだった？」

「とても美味しかったです。帰国の際には、ぜひまとまった量を購入したいと思います」

「だから買わなくていいと言っただろう」

「いえ、それは駄目です。買わせてください」

「君は頑固だな」

　呆れた顔をされても、これだけは譲れない。レイモンドに苦笑し、ダリオはすっと身を引いた。距離を取り「その件は、また」と、まるでいま話していた内容は警護に関することのように取り繕い、去って行く。

　その後ろ姿を、背筋を伸ばして見送った。ふと、騎士のひとりがレイモンドを睨みつけていることに気付く。ダリオ並みに体格がよく、レイモンドとおなじくらいの年頃に見えた。

　その騎士は威嚇《いかく》するようにレイモンドから目を逸らさず、通り過ぎざまに舌打ちした。

「さっさと帰れ、田舎者《いなかもの》」

レイモンドに聞こえるように呟かれた言葉が信じられず、空耳かと思った。ギョッとしたレイモンドに冷たい笑みを向け、早足でダリオを追いかけていく。その呟きが聞こえたらしい、他の騎士がくすくすと笑いながら、歩き去って行く。当然、ダリオの耳には届いていない。

ただ一人、最後尾にいた若い騎士だけが戸惑った表情をしていた。申し訳なさそうに、レイモンドに頭を下げ、先に行った騎士たちを追いかけていった。

レイモンドは彼らの姿が見えなくなるまで、愕然と立ち尽くした。

高潔な精神の持ち主であるダリオの部下が、まさかあんな低俗な嫌みを口にするなんて、信じられない。腹が立つよりも、戸惑いの方が大きかった。

田舎者なのは事実だ。けれどそれを嫌みとして口に出すほど、自分のなにかが彼らを苛《いら》立《だ》たせたのだろうか――。

だれかに馬鹿にされる感覚をひさしぶりに味わって、レイモンドはダリオに声をかけてもらって浮かれていた気分を萎《しぼ》ませた。

似たようなことは昔よくあった。レイモンドは騎士の家に生まれ、成長するに従って当然のように騎士を目指して鍛錬した。いまでも細身だが少年のころはもっと華奢《きゃしゃ》で、少女のように儚《はかな》げだった。そんな細い腕で剣が振れるのかと同年代の子供たちに侮辱《ぶじょく》され、悔しくてこっそり泣いたこともある。そして血の滲むような努力をした。だれよりも素振りをし、だれよりも足腰を鍛え、だれよりも弓をたくさん引いた。

その結果、騎士として認められてから異例の早さでマーガレット付きの護衛役に任命されたのだ。

そんなレイモンドに味方をして、武術の鍛錬に付き合ってくれたのは、スタンリーだけだった。黒髪黒瞳の彼は同い年で、気さくな男だ。いまは国王付きの騎士に任じられている。

(そうだ、あの果実酒、きっとスタンも気に入る)

帰国後は友人と果実酒を楽しもう、とレイモンドは気持ちを切り替えて、マーガレットの居室へと急いだ。

さっきの出来事はもう忘れよう。あの若い騎士は、きっと自分の上官が他国の騎士に親しげにしたので気を悪くしたに違いない。苛立ちのあまりつい嫌みをぶつけてしまっただけで、いまごろは反省しているかもしれない。

レイモンドはそう思うことにした。


翌日、マーガレット宛てに不審なカードが届いた。受け取ったのは控えの間にいたタラだ。

感情を無理やり押し殺したような無表情で、タラは黙ってカードをレイモンドに差し出した。そこには大陸公用語で『出戻り姫は死に神姫　夫は呪い殺された　国へ帰れ』と書かれていた。

「……これをだれが届けに来たのですか」

「洗濯場の下働きの子供です。だれに頼まれたか聞きましたが、体の大きな兵士だとしか答えられませんでした。まだ十歳になるかならないかといった子供でしたから、大人の男はすべて似て見えるでしょう」

「殿下には？」

「伝えていません」

「わかりました。これはとりあえず、私が預かっておきます。もしまたなにかあったら、すぐに教えてください」

「わかりました」

タラの心情を慮《おもんぱか》り、レイモンドは余計なことは言わなかった。

女官長のタラは、マーガレットが幼少の頃から側に仕えてきた。独身のタラにとって、マーガレットは仕える主であるとともに、大切に育《はぐく》んできた孫のような存在だろう。その姫の結婚と、夫との死別、帰国——。そのすべてを、タラは身近で見守ってきた。

喪が明けて、マーガレットはやっと笑顔を見せるようになってきた。今回のラングフォード王国の招待は、気分転換に最適だろうと、王族も国の重鎮たちもこぞってマーガレットに勧めたという経緯がある。

こんなふうに侮辱されるために来たわけではない、と憤っているはずだ。必死で感情を押し殺しているタラほどではないが、レイモンドも腹立たしく思っている。

（このカードを下働きの子供に託したのは、体の大きな兵士……。まさか、あのときの騎士ではないだろうな）

昨日、レイモンドに暴言を吐いた騎士の顔が脳裏に浮かぶ。いやいやまさか、なんの証拠もないと否定しつつも、一度生まれた疑惑は消えなかった。

その翌日——結婚式を明日に控えた夕方、マーガレットは王城内を移動していた。明日には王妃となるジーンからお茶会に誘われ、幾人かの貴婦人たちとともに談笑し、社交を済ませたところだ。

マーガレットはジーンという人物に好感を抱いたようだった。レイモンドは挨拶をしただけだが、穏やかで包みこむような笑顔が印象的だった。苦労に苦労を重ねて、この国の王太子を密かに育てていたという逞《たくま》しさは感じない。大国の王から寵愛されている傲慢《ごうまん》さもまったくなく、年若いマーガレットにも優しく話しかけていた。

マーガレットはとても機嫌よく、斜め後ろに付き従うタラに笑みを向けている。レイモンドはもう一人の護衛の騎士と、マーガレットの二歩後ろを歩いていた。

王城内で危険なことはほぼない。近衛騎士団が目を光らせているし、奥へ行けば行くほど身元が不確かな者の出入りは制限される。気が緩んでいたのは否めない。

廊下の向こうから、近衛騎士が数人、歩いてきた。この場合、当然騎士が脇に避けてマーガレットに道を譲る。小国ではあってもマーガレットはアリンガム王国の王族だ。

しかし、近衛騎士たちは避けなかった。廊下の真ん中で足を止め、目を細めて皮肉っぽい笑みを浮かべる。体格のよい近衛騎士たちは、マーガレットよりも目線が高い。上から見下ろしたのだ。レイモンドはすかさず前に出た。先頭に立っている近衛騎士は、一昨日、レイモンドに田舎者と言った男だった。

「なにか用か」

レイモンドが厳しい声音で睨み上げると、その近衛騎士は鼻で笑った。

「いや、とくに用というほどのことはないが、アリンガム王国の出戻り姫は、まだ王城にご滞在だったのかと驚いているところだ」

背後でマーガレットが息を飲んだのがわかった。タラがビリッと気配を緊張させる。

「殿下は明日の結婚式に招待されている。出席せずに帰ることはあり得ない。それよりも、まず暴言を謝罪してもらいたい」

「ほう、暴言？　なんのことだろうな」

近衛騎士は自分の仲間たちに首を傾げてみせる。みんなニヤニヤと笑うばかりで、だれも諫《いさ》めはしなかった。

「昨日のカードの送り主は、おまえか」

「やんわりと警告したつもりだったんだが、田舎者の鈍い頭では理解できなかったようだな。目障《めざわ》りなんだよ、めでたい式に夫を呪い殺した姫が参列されちゃあ」

「なんだと？」

もう一人の警護の騎士が気色《けしき》ばみ、剣の柄を握ったのが見えた。レイモンドは慌てて視線で制する。他国の王城内で剣を抜いては、国と国の友好関係に影響する。ましてや相手は近衛騎士だ。これだけ強気な態度を取るということは、おそらく実家はかなり力を持った貴族なのだろう。

ここをどう切り抜けたらいいのか、レイモンドはめまぐるしく頭を回転させた。

しかしどう考えても、こちらに非はない。結婚式の招待状は正式なものだし、マーガレットはたしかに夫を亡くしたが喪は明けている。呪い殺したなどと、根も葉もない、侮辱に満ちた発言だ。

ジーンのお茶会では、貴婦人たちがみな一様にマーガレットの傷心《しょうしん》を気遣い、元気づけてくれたというのに。

くっと唇を噛んだレイモンドは、近衛騎士の一人がそっとこの場から離れようとしているのに気付いた。一昨日、暴言を吐かれたときに、ただ一人、罪悪感を見せてくれた年若い騎士だ。彼はそろりそろりと足音を殺して後退り、じゅうぶん離れてからどこかへ駆けていった。逃げたのだろうか。それとも、だれか人を呼びに行ってくれたのだろうか。わからないが、気がついていない他の騎士たちにはあえて教えなかった。

「ついでに言うと、おまえも目障りだ」

無礼にも、その騎士はレイモンドに指をつきつけてきた。

「団長に馴れ馴れしくしやがって。パース家の果実酒をもらっただろう。隠しても知っているんだぞ」

べつに隠すつもりはなかったが、この男にはそう見えたのか。

「そうだぞ、貧乏国のくせに生意気なツラしやがって」

「その出戻り姫といっしょにとっとと帰れよ」

他の近衛騎士たちも暴言を口にしはじめた。カアッと頭に血が上る。冷静に対処しなければならないと頭で理解していても、感情はなかなか思うとおりにはならなかった。

「その発言を撤回しろ。失礼にもほどがあるだろうっ」

「全部本当のことだ。どうして撤回する必要なんかあるんだ?」

レイモンドはぐっと拳を握った。へらへらと笑うその面に、渾身《こんしん》の一撃をぶち込みたい衝動に駆られる。剣を抜かなければ大事にはならないのではないか、と自分に都合のいい解釈が頭を過《よぎ》った。

「そこでなにをしている」

聞き慣れた張りのある声が聞こえた。近衛騎士たちの肩越しに、ダリオが足早に近づいてくるのが見える。その後ろには、さっきどこかへ駆けていった若い騎士がいた。

近衛騎士たちは慌てて敬礼し、直立不動の姿勢になる。

「おまえたち、招待客に対して礼を失した態度を取ったというのは本当か」

近衛騎士たちはダリオを呼びに行った若い騎士を一斉に睨んだ。怯《おび》えた顔をした若い騎士を庇《かば》うように、ダリオが立ち塞がる。

「質問に答えろ。アリンガム王国のマーガレット王女に対し、道を開けなかったと聞いている。さらに暴言を吐いたということだが、これは事実か？」

近衛騎士たちはムッとふて腐れたような表情になり、上官の問いに答えない。廊下に嫌な沈黙が落ちたとき、レイモンドの背後からタラが静かに訴えた。

「パース団長、この者たちは、うちの姫様のことを、く、口にするのもおぞましい言葉で侮辱したのです」

めったに感情的にならないタラだったが、語尾が震えている。それほどの怒りが体の中で荒れ狂っているのだろう。レイモンドだってそうだ。

「昨日、差出人のわからない不審なカードが居室に届きました。それの送り主はこの近衛騎士だったようです。さきほど認める発言をしました」

「不審なカード？」

「ブラナー、出してください」

タラに指図されて、レイモンドの意識が上衣の隠しに向く。カードはそこに入れっぱなしになっている。ダリオが問うようにレイモンドを見た。何事もなければこのまま公にはしないでおこうと思っていたのだが、仕方がない。レイモンドはカードを取り出し、ダリオに渡した。それを見て、ダリオの眉間に深い皺《しわ》が寄る。

「なんてことだ……」

苦々しく呟いたあと、近衛騎士たちを振り返る。

「おまえたちは全員、宿舎に戻れ。処分は追って知らせる。それまで謹慎していろ」

先頭に立って侮辱していた近衛騎士が顔色を変えた。

「団長、私を処分するおつもりですか。こんな小国から来た田舎者を優先して――」

「黙れ。もう行け」

ダリオの命令に、近衛騎士たちは不服そうな顔をしながらも、宿舎の方へ去って行った。

「申し訳ありませんでした」

あらためてダリオがマーガレットに向き直り、膝をついて頭を下げる。

「謝って済む問題ではありませんよ。我々が小国だと侮って、とんでもない暴言を……。ラングフォード王国の近衛騎士団に、失望しました」

タラが涙目になってわなわなと唇を震わせている。マーガレットがそんなタラを「落ち着きなさい」と諫めつつも、ため息をついた。

「パース団長……とても残念です」

悲しげに告げて、マーガレットが静かに歩き出した。タラだけでなく、ほかの侍女も、もう一人の警護の騎士も顔が真っ赤になっている。怒りを押し殺しているのだろう。

レイモンドも激怒していたが、マーガレットがこぼした一言に近い感情を抱いていた。

残念。そう、とても残念だった。

心から尊敬し、憧憬も抱いていたダリオの部下が、まさかあんな高圧的な態度で、他国の王族を侮辱するとは――。

レイモンドは苛立たしげな空気とともに去って行く仲間たちを見送り、ダリオと目を合わせた。いつもは明るい茶色い瞳が、暗く沈んでいるようだった。

実際に暴言を投げつけてきたのはダリオではない。けれどすべての責任は上官にある。統率しきれていなかったということになるからだ。

なにか言おうと思ったが、胸に渦巻く感情が複雑すぎて、適切な言葉が頭に浮かばない。

結局、レイモンドはなにも言わずに会釈《えしゃく》だけして、横を通り過ぎた。背中に、ダリオの視線をいつまでも感じていた。

◇◇◇

大聖堂の荘厳《そうごん》な鐘《かね》の音が、初秋の青い空に響き渡る。大小いくつもの鐘が何度も打ち鳴らされ、国王の結婚を祝福した。

純白の婚礼衣装に身を包んだナサニエルが、大聖堂の扉から出てきた。傍らにはおなじく純白の衣装をまとった麗人、ジーン。微笑みあう二人に、付き従っていた白髭《しらひげ》の教皇が目を細めて満足気に頷く。集まっていた民衆も笑顔になるほどの、幸せな光景だった。

ナサニエルとジーンが、教皇に付き添われながらまっすぐ敷かれた赤い絨毯《じゅうたん》の上を歩きはじめる。その先には、白い花で飾り立てられた馬車が用意されていた。笑顔で手を振る美しい二人に、民衆は熱狂的に祝いの言葉を述べたり「万歳《ばんざい》」を叫んだりした。

馬車の側で待機している近衛騎士団の団長であるダリオは、その熱狂の渦にいながら冷静だった。とにかく無事に王城まで送り届けることだけを考える。それが仕事だ。

大聖堂の周囲には柵を設《もう》けてあるので、群衆が馬車に近づくことはできない。それでも、すこしでも近づきたいと思うのか、興奮して手を伸ばしている。ダリオの名前を呼ぶ女性たちが何人もいるようだったが、それらをすべて無視して周囲を警戒する。

自他共に認める朴念仁《ぼくねんじん》であるダリオは、自分が国民の人気を集めていて、若い女性たちが黄色い歓声を上げていることを誇らしく思ったことはなかった。ただうるさいだけだ。

大聖堂の他の扉が次々と開き、式に参列した国の重鎮たちや近隣各国の招待客などがちらほらと外に出てきているのが見えた。その中に、目を引く一行がいる。

控えめのピンク色のドレスを身にまとった若い美貌の姫と、その騎士だ。マーガレットとレイモンド。姫がなにか言葉をかけたらしい。騎士はすこし前屈みになって姫になにか応えている。なにげない所作の美しさに、つい目を奪われそうになった。

ふと、彼がダリオを見た——ような気がした。すぐに視線は逸れ、彼はすぐ横に立っている他国の騎士と言葉を交わしはじめる。

目が合ったように感じたのは気のせいだろうか。

（まあ、彼が俺を見ることなんてないか……）

昨日、アリンガム王国一行に嫌われる出来事があった。思い出すと、ため息が出そうになってしまう。友好国からの客人だということを抜きにしても、ダリオは彼らと親しくしたいと思っていた。とくにレイモンドと。

それなのに——。

直接ダリオが失態を犯したわけではない。けれど部下の失敗は上官であるダリオの責任だ。できるなら、あの日の朝に時間を巻き戻し、件《くだん》の部下を退団させたいくらいだ。

（レイモンド・ブラナー……）

ダリオは彼の名を心の中で呟いてみた。

当初の予定では、結婚式が終わっても、アリンガム王国一行は数日間王都カノーヴィルに滞在し、帰国準備をするはずだった。けれど昨日、式に列席したあと、早々に出立する旨、窓口である外務大臣に通達があったという。用事を済ませたら一刻も早く、この失礼な国から出て行きたい、ということなのだろう。

「パース団長、待たせたな」

ナサニエルがジーンとともに馬車までやって来た。待機していた侍従《じじゅう》が馬車の扉を開け、二人を中へと促す。屋根がない型の馬車だ。挙式後、王城までの距離を、沿道に集まった人々にジーンをお披露目《ひろめ》するために誂《あつら》えたものだと聞いている。

ナサニエルの隣に座るジーンは、とても幸せそうな笑顔だった。もともと綺麗な顔立ちが、光り輝くように生き生きとしている。はじめて会ったころの衰弱《すいじゃく》した状態からは考えられないほどの変貌ぶりだった。ナサニエルに愛されて美しさに磨きがかかったようだ。

ゆっくりと走り出した馬車に併走するかたちで、ダリオも馬を走らせる。他の騎士たちもおなじように馬を動かした。石畳の上を何頭もの馬が走る。いくつもの蹄《ひづめ》の音が響いているはずだったが、沿道の人々の歓声と大聖堂の鐘の音にかき消されてしまっていた。

「国王陛下万歳！」

沿道の建物の窓から白い花弁が撒かれる。ひらひらと舞い落ちる白い花弁を、ジーンが嬉しそうに見上げた。

アリンガム王国一行が――いや、レイモンドがどうしているのか気になったが、近衛騎士団長としては引き返すことなど出来ない。振り向くことすら難しい。

（やはり、このまま別れたくない）

ダリオは彼らが王城を引き払ってしまうまえに、訪ねていこうと決めた。昨日の件についてあらためて謝罪し、許しを請いたい。

例の近衛騎士たちは全員退団させると決めている。先頭に立っていた男は有力貴族出身で、いままで多少の悪事はすべて不問にされ、甘やかされてきたがゆえの歪んだ思想の持ち主だった。ダリオはそのすべてを把握しておきながら、近衛騎士団に所属することを許してしまったのを、激しく後悔している。

（私の落ち度だ。もう二度と、こんなことは起こさない）

ナサニエルに報告したとき、そう誓った。近衛騎士団長として責任を取るため、半年間の無給を申し出てもいる。ナサニエルには「これしきのことで、半年もタダ働きをするのか」と呆れられたが、アリンガム王国一行にとって、昨日の件は「これしきのこと」ではなかったはずだ。

暴言を吐いた近衛騎士たちを退団させるのには手続きが必要なので、まだ公表はしていない。ダリオが半年間無給になることも同様だ。わざわざアリンガム王国一行に伝えに行くつもりはないが、せめてそれ相応の対処をすると決めたことを言いたい。

そしてレイモンドには、ほかのだれよりも親しい間柄になりたかった、できれば手合わせ願いたいと思っていたことも伝えたい……。

だがダリオのその願いは叶わなかった。

挙式後すぐ、できるだけ急いでダリオはマーガレットの居室まで出向いたが、すでに出立したあとだった。昨日の夜のうちに荷物をまとめてあったらしく、侍従長のハートリーも困惑するほどの早さで王都を出たという。

それほどまでに、もうラングフォード王国にいたくなかったのか。それほどまでに彼らの自尊心を傷つけてしまっていたのか。

こんな別れ方は望んでいなかった。

ダリオがみずから許しを請うためにアリンガム王国へ行くことは、難しい。近衛騎士団長として、そう簡単に国を空けるわけにはいかないからだ。

もう会えない――。

苦い後悔を抱え、ダリオは途方に暮れた。

まさか一年後に再会することになるとは、そのときは思ってもいなかった。

◇◇◇

アリンガム王国は大陸の北西に位置する小国だ。歴史は百五十年ほどとまだ浅く、軍隊は所有しているがそれほど強力というわけでもないため、隣接する国々とは外交によって平和を保っている。主要産業は農業で、財政的にも潤っているわけではない。だからこそ他国から侵略を受けずに百五十年が過ぎた。

王都に建つ王城は、もともとは砦のひとつを改築したもので、頑丈《がんじょう》さが取り柄の無骨《ぶこつ》な造りだ。五百年以上の歴史を持ち、強大な軍事力と豊かな財力を背景に大陸一の王国を保っているラングフォード王国とはなにもかもが違う。国境は接していないが、ラングフォード王国はアリンガム王国にとって怒らせると怖い存在だった。

いまのところ、アリンガム王国は国土を広げるつもりはない。このまま近隣諸国とはつかず離れずでうまくやっていきたい。友好国としてラングフォード王国とは正式な文書を交わしている仲だった。

そのため、外交筋からの正式な招待状が届いた場合、断るのは難しい。

外務大臣から、マーガレット王女のふたたびのラングフォード王国訪問を告げられ、レイモンドは戸惑った。おそらく顔に出てしまったのだろう、大臣が苦笑いする。

「レイモンド、そんな顔をするものではない」

父親と交流があるこの大臣とは、幼少期から顔見知りだった。気安い関係だからか、ついい感情を押し殺すことを怠《おこた》ってしまう。

「一年前の経緯は聞いているが、この招待は断れないのだ。代理を立てることもできない」

大臣に招待状を見せられ、レイモンドは現実を直視せざるを得なくなる。金粉が漉《す》きこまれた煌《きら》びやかなカードには、『ジョシュア王太子の誕生日を祝う会』への出席を願う旨が書かれていた。

レイモンドの記憶には、ジョシュアは黒髪黒瞳の健康的な少年だった、としか刻まれていない。直接言葉を交わせる立場ではなかったし、そんな機会もなかった。一年前のラングフォード王国訪問は、ナサニエル新王の結婚式に列席する自国の姫の騎士として同行したのだ。

黒髪の少年を思うと、ごく自然に一人の男の面影が脳裏に浮かんでくる。

スタンリー・エルウェスという名の騎士だ。癖のある黒髪が特徴的な男で、彼は半年前までレイモンドの同僚であり、大切な友人だった。いまは行方不明になっている。国を揺るがしかねない事件に関わった罪で、国中に人相書きが手配された。半年たっても見つかっていない。

彼のことを思い出すと、レイモンドの気持ちは沈む。一番の友人だと思っていたのは自分だけだった。あんなことになるまで、レイモンドは彼の変化に気付かなかったのだ。

（いけない。いまはスタンのことを考えている場合ではない）

レイモンドは頭を一振りして、大臣に向き直る。

「どうして、マーガレット殿下が招待されるのですか。常識で考えれば、おなじ王太子のお立場であるトーマス殿下でしょう」

「これがごく普通の誕生日を祝う会ならば、招待されるのはトーマス殿下だろうな。私が聞いた話では、今回の誕生日会はジョシュア王太子殿下の将来の妃《きさき》選びの場となるらしい」

「将来の妃？　マーガレット殿下が？　そんなまさか！」

即座に否定したのには理由がある。まず一つ目は、マーガレットは現在十九歳で、今度誕生日を迎えて十二歳になるジョシュアより七歳も年上であること。そして、一番重要な二つ目の理由は一度結婚していることだ。

「その、まさかなのだよ」

ため息をつく大臣に、レイモンドは唖然とした。

「マーガレット殿下の事情を知っての上で、妃候補に名前があがったらしい。誕生日を祝う会には、ほかにも数人の妃候補者が招待されているそうだが……ラングフォード王国はいったいなにを考えているのか……」

「ラングフォード王国が、真剣にマーガレット殿下と王太子の結婚を考えているとは思えません」

レイモンドは困惑しながら大臣に訴える。招待に応じて出かけてみたら、また一年前のような暴言を浴びせられるのではないか、と危惧《きぐ》してしまう。

一年前のあの出来事のあと、マーガレットは侮辱されたことについて、一切言及しなかった。いきり立つ家臣たちを諫め、粛々《しゅくしゅく》と帰国の準備をし、静かに王都カノーヴィルを発った。帰国してからもとくに騒ぎだてすることはなかったため、仕方なくタラが大臣に報告した。その後、王にも伝わったらしいが、大国相手に大事にすることはできず、沈黙している。

タラたち家臣があれほど激怒する暴言だったのだ。当事者であるマーガレットの心痛はいかほどだったか——想像するだけで胸が痛む。

ラングフォード王国から謝罪はない。ダリオがナサニエル国王に報告せず、握りつぶしたのかもしれない。考えたくないが、その可能性はあった。

「ほかにも妃候補が何人も招待されるなら、断ってもよいのではないですか」

「いや、そういうわけにはいかない。これは正式な招待状だ。断っては角が立つ。こんなことで大国の機嫌を損ねるわけにはいかない」

大臣の悩ましげなため息が止まらない。

「ただの祝いの会ならば、今度こそトーマス王太子殿下にご出席してもらえばいいのだが、これればかりは……」

「マーガレット殿下には、このことはもう？」

「お伝えした。殿下は快諾された。妃候補とはいってもどうせ数合わせのようなものだろうから、また旅行気分で楽しんでくる、と」

「そうですか……」

仕えているマーガレットがそう言ったのなら、専属の騎士であるレイモンドは口を出す立場ではない。

「君にふたたび護衛隊長を引き受けてもらいたいのだが、どうだろうか」

大臣の依頼に、レイモンドは顔を上げる。

マーガレットの護衛隊長になるということは、またラングフォード王国に行くということだ。脳裏にラングフォード王国の近衛騎士団長の顔が浮かんだ。

憧れていた騎士の失態に失望し、その後なんの音沙汰もないことに釈然としない気持ちを抱えている。ふたたびダリオに会えたとき、自分はなにを思うだろうか――。

「引き受けてくれるか？」

「もちろんです」

立場上、断ることはできない。もっとも、レイモンドは断るつもりはなかった。マーガレットが主だ。彼女を守ることは、レイモンドの使命だった。

「すぐに同行する騎士と女官、侍従の人選に入ります。出立はいつ頃になりますか」

「君は話が早くて助かる。祝いの会は再来月だが、できるだけ早く妃候補は入国してほしいという要請だ。あちらの王太子と妃候補者たちの交流の場を、何度か設ける計画のようだな。ここから王都カノーヴィルまでは約一ヶ月かかる。来週早々には出立できるように用意してほしい」

まずは長旅の準備だ。

レイモンドは気持ちを切り替えて、マーガレットの安全のことだけを考えようと努めた。

約一ヶ月の馬車の旅の末、マーガレット一行はカノーヴィルに到着した。

王都に入る直前に先触れの便りを出したせいか、一行が王城の正門をくぐると、白い軍服の近衛騎士団が出迎えてくれた。整然と並んだ馬はよく訓練されていて、いななきひとつせず感嘆するほどだ。その先頭に立つ、ひときわ大きな体つきの男が、馬からひらりと下りた。近衛騎士団長、ダリオ・パースだ。

一年ぶりの再会。懐かしさ慕わしさと同時に、あのときの屈辱がよみがえってくる。レイモンドはすべての感情を押し隠し、無理やり無表情をつくった。ダリオの方も、にこりともせず厳しい表情でこちらを見ている。

マーガレットを乗せた馬車が近衛騎士団の前でとまる。

女官に手を引かれながら、マーガレットが馬車から降りた。ダリオが膝をつき、「ようこそ、ラングフォード王国の王都カノーヴィルへ」と丁寧に礼をする。マーガレットは長旅の疲れを見せることなく微笑んだ。

「おひさしぶりです、パース団長」

マーガレットが差し出した手を取り、ダリオは甲にくちづけた。無骨な武人にしか見えないが、さすが上流貴族だ。こうした礼儀はごく自然にこなしてみせる。

「おひさしぶりです。ふたたびお会いすることができて嬉しく思います。さぞかしお疲れでしょう。昨年同様、王城内に部屋を用意してあります。侍従長ハートリーが案内いたしますので、どうぞおくつろぎください」

「ありがとう」

騎士団の後ろに控えていた老齢の侍従が歩み寄ってきて、マーガレットを王城の中へと促す。女官と侍従に任せて、その後ろ姿を見送っていると、「ブラナー」とダリオに声をかけられた。ドキリと心臓が跳ねる。ひとつ息をついてから、レイモンドはゆっくりと振り向いた。柔らかな茶色の瞳がレイモンドを見下ろしてくる。

「ひさしぶりだ。元気だったか」

「……おひさしぶりです。元気です。パース団長もお元気そうでなによりです」

できるだけ冷静に挨拶を返し、まっすぐに目を見つめる。挑むように、臆さずに。

一年前、姫を侮辱されて別れの挨拶もせずに帰国してしまったレイモンドたちを、ダリオがどう思っているのかわからない。だからこそ、大国にへつらうような態度だけは取り

たくなかった。弱気になってはダメだ、自尊心を持てと、他の騎士たちにも言ってある。

ダリオは無言でレイモンドの瞳を見つめたあと、さりげなく視線を横に向け、指を差した。

「厩舎《きゅうしゃ》の場所は覚えているか？　昨年とおなじあたりを、アリンガム王国一行用として空けてある。護衛と従者たちの宿舎も昨年とおなじ場所だ。宿舎のことでなにか不自由があれば、私か侍従長に言ってくれ」

それだけ言い置くと背中を向けてしまう。ニコリともしなかった。

ダリオは自分の馬にひらりと飛び乗った。右手の動きだけで整列していた騎士団に移動を促すと、ダリオも正門前から去って行く。

自分も無表情を貫いたくせに、レイモンドはダリオのそっけない態度が不満だった。もう少し、なにか言葉があってもよかったのではないか、と思ってしまう。

ではなにを言ってもらいたかったのかと聞かれたとしても――思いつくものは、なにもなかった。

◇◇◇

妃候補へ招待状が送られる前、ラングフォード王国の王城では、侍従長のハートリーが招待客リストを作成してナサニエルに提出していた。その場にダリオもいた。

ハートリーは齢《よわい》六十にして頑健な体を持ち、王族のために仕えることを生きがいにしている男である。二年前までは、当時王太子だったナサニエルに女性をあてがい、なんとしてでも世継ぎをもうけさせることが使命だった。だがジョシュアが見つかり、同時にナサニエルが同性のジーンを愛してしまったことにより、それを諦めた。いまはジョシュアの妃候補を選定することに情熱を燃やしている。

ジョシュアは現在十一歳。今年で十二歳になる。一般庶民にとっては、結婚相手を探すのはまだ早過ぎるという感覚だろうが、王族に限っては特段早くはない。生まれたときから許婚がいることとて珍しくはないのだから。

王族にとって、結婚は政治に関わる最重要事項だ。恋愛を経て結婚することの方が珍しい。

「ジョシュア殿下には、なんとしてでも女性と結婚してもらって世継ぎをもうけてもらわなければ……！」

ハートリーは熱い思いを抱えつつ、国内外の上流貴族と近隣諸国の王族の名簿に隅から隅まで目を通した。ジョシュアと年齢が近く、家柄の釣り合いが取れている姫君や令嬢を書き出していく。そして敵対している国や政情不安がある国は弾いていき、最後に四名ほどにしぼった。

そしてそれをまずはナサニエルに提出した。その場にダリオがいたのは、各国の軍事関係について国王と侍従長よりも情報を得ているので、名前があがった令嬢たちの国の情勢を考察するために同席を求められたからだ。

リストに目を通したナサニエルは、「いいのではないかな」と頷いた。ナサニエルが差し出してきたリストを、ダリオも見る。ハートリーが時間をかけて吟味《ぎんみ》しただけはある、ジョシュアにふさわしいと思える女性たちの名前が挙げられていた。

「肝心なのはジョシュアの気持ちだ。私は弟に無理強いをしたくない。とはいえ私がジーンを伴侶に選んでしまった以上、あの子には女性と結婚してもらわなければならない。せめて気に入った相手と結ばれてほしいと思っている。ジョシュアを呼んでくれ」

ナサニエルが控えていた文官に命じると、すぐにだれかがジョシュアを呼びに行った。ほどなくして王の執務室にやってきたジョシュアは、相変わらずの健康優良児ぶりだ。早足で来たのか、頬をバラ色に染めて目をキラキラとさせている。

「兄上、なにかご用ですか?」

「前髪がすこし濡れているな。剣の稽古《けいこ》でもしていたのか?」

「いまは弓の稽古をしていました。ずいぶん的に当たるようになってきたので、楽しくて。兄上に作っていただいた弓は、私にぴったりです。ありがとうございます」

「そうか」

ナサニエルは目を細めて、年の離れた弟を見つめる。はきはきと元気よく話すジョシュアは、王城に来てからまだ二年もたっていない。十歳まで、市井《しせい》で育った。

ナサニエルの母である前王妃セラフィーナは、夫である前王ディミトリアスと政略的な結婚で結ばれた。世継ぎであるナサニエルが生まれたあと、夫婦の仲は壊滅的なほど悪くなり、王城内で別居をしていた。

愛はなくとも独占欲が激しかったセラフィーナは、ディミトリアスが愛妾を持つことを許さなかった。わずかでも気にかける存在ができたと聞けば、あらゆる手を尽くして邪魔をし、相手の女性を排除することに熱中した。

ジョシュアの母親ルシルは、地方の下級貴族の娘だったそうだ。女官として王城に上がり、ディミトリアスと出会い、王の癒《いや》しとなった。ハートリーたちは細心の注意を払い、二人の仲を隠したが、やがてセラフィーナの知るところとなってしまう。王の子を身籠もったルシルを実家に逃がしたが、セラフィーナは暗殺者を送りこんだ。

ルシルは生まれたばかりのジョシュアを連れて各地を転々としながら逃げた。地方の街で出会ったのが、現在はナサニエルの伴侶になっているジーンの両親である。ジーンの両親はルシルを不憫《ふびん》に思い、匿《かくま》った。

しかしセラフィーナが放った暗殺団はそこにもたどり着き、ルシルとジーンの両親は命を落としている。ジーンは三歳のジョシュアを連れて逃げた。ルシルからすべての事情を聞いていたジーンは、ジョシュアを命に替えても守り抜くことを両親に誓ったという。

それから七年。セラフィーナが病で亡くなったあと、自身も病床にいたディミトリアスが、ナサニエルに異母弟の存在を打ち明けた。その時点で行方がわからなくなってから随分たっていたのだが、ラングフォード王国全土をくまなく捜した結果、ジーンとジョシュアを発見することができた。ジョシュアは十歳になっていた。ジーンが心血を注いで教育した成果か、ジョシュアは基礎的な学問はあるていど修めており、心身ともに健康に育っていた。

ナサニエルとディミトリアスがジーンに感謝したのは言うまでもない。

東の離宮でしばらく静養したあと、ジョシュアは王城に住まいを移した。本人の希望もあり、剣と弓と乗馬の稽古が日課になっている。学問については各分野の専門家を招き、定期的に講義を受けさせていた。ダリオにとっては退屈極まりない講義も、ジョシュアには好奇心を刺激する面白い話に聞こえるようで、毎日楽しそうだ。

ナサニエルだけでなく、ハートリーをはじめ全国民が、ジョシュアに期待していた。この王太子がいれば、未来は明るい。王室は繁栄していくだろうし、ラングフォード王国は威厳を失うことはない、と。

普通だったらあまりの大きな期待に押しつぶされてしまいそうなものだが、ジョシュアは十歳まで市井で逞しく育ったが故か、あまりそうした圧力を感じない——あるいは気にしない性格のようだ。

今年の誕生日を祝う会を、妃候補との交流会にしてみてはどうかというハートリーからの提案に、ジョシュアは「それ楽しそう」とすぐに乗り気になった。だれに似たのか、どうやら女の子が大好きらしい。

「ジョシュア、これが招待する妃候補のリストだ」

ナサニエルに手渡された紙にザッと目を通したジョシュアは、ちょっと思案顔になった。

「あの方は招待しないのですか？」

「あの方とは、どこの令嬢のことだ」

まさかジョシュアに、もう気になっている相手がいるとは知らなかった。驚きを隠せないダリオの前で、ナサニエルもハートリーも戸惑い顔だ。いったいどの名前が挙がるのかと注視する中、ジョシュアがさらりと答えた。

「アリンガム王国のマーガレット王女です」

「えっ……」

うっかり声を出したのはハートリー。驚く気持ちは、ダリオにもよくわかる。リスト作成時に、たぶん最初に名前を弾いた人物だっただろう。

ナサニエルとダリオ、そしてハートリーの大人三人は、思わず視線を絡ませた。ジョシュアだけが屈託ない笑顔でマーガレットについて語る。

「昨年の兄上とジーンの結婚式のとき、アリンガム王国の代表として来てくれていましたよね。すこしだけお話したのですが、明るくて利発で、笑顔が素敵な女性だと思いました。式のあとにまたお話できないかなと期待していたのですが、すぐに帰国してしまったと聞いて残念に思っていました。よければマーガレット王女も招待したいです」

「しかし、殿下……、マーガレット王女は七歳も年上ですし、その……過去の事情をご存じではないのですか？」

言いにくそうにハートリーが口ごもる。

「事情？　ああ、一度嫁《とつ》いでいるということ？」

「そうです」

「知っています。でもそれは、もう終わったことでしょう。結婚生活はわずか半年だったと聞きました。七歳年上であることは、もちろんわかっています。けれど、それってなにか問題ありますか？」

ジョシュアがしれっと言い放つのを、ダリオは感嘆とともに見つめた。わずか十一歳とは思えない、堂々とした態度だ。しっかりした意志を持っているのは、やはり市井で逞しく育ったからだろうか。

ハートリーが眉間に皺を寄せて苦悩する様子を見せた横で、ナサニエルがクッと笑った。

「そうか、おまえはマーガレット王女を気に入ったのか」

「はい」

「おまえは見る目があるのかもしれない。たしかにあの姫は明るく溌剌《はつらつ》としていて好感が持てた。私も短い会話しかしていないが、頭の回転が早く、機転が利く女性だなと印象に残っている。すこし年が離れているが、大切なのは気持ちと相性だ。ハートリー、マーガレット王女に招待状を送ってくれ」

「…………かしこまりました」

ハートリーは不承不承《ふしょうぶしょう》といった感じで了承した。ナサニエルとジョシュアの兄弟は顔を見合わせ、にっこりと微笑みあった。ジョシュアは兄の援護に喜び、ナサニエルは自分の意志をはっきりと示した弟を頼もしく感じているとわかる。

「ダリオ、そういうことだから、よろしく頼むぞ」

ナサニエルにこそっと囁かれて、ダリオは「はっ」と頷く。一年前の件も踏まえて「よろしく頼む」と言われたと察した。

ダリオはレイモンドの怜悧《れいり》な面差しを思い出す。

きっと彼もマーガレットの護衛としてまた来るだろう。そのとき、どんな態度をとってくるだろうか。

例えばこちらを敵と認定して睨んでくるようであれば、ダリオはできるだけ刺激しないように接触を控えるしかない。それに、マーガレット一行に接する機会がある近衛騎士たちは、きっちり吟味しなければならない。

(できたら、もう一度親しくなりたい)

だがあの出来事をなかったことにしてくれる展開は、おそらく望めないだろう。アリンガム王国一行の怒りは本物だったし、あれから一年しかたっていない。ダリオとて、仕えている王族のことを悪く言われたら、腸《はらわた》が煮えくりかえるほどの怒りに襲われるにちがいない。それが他国の人間から言われたなら、なおさらだ。

ラングフォード王国は正式な謝罪を行っていない。報告を受けたナサニエルは悩んでいたが、結婚式への出席に対する礼状しか送らなかった。理由はいくつかある。件の出来事を大事にしたくなかったからだ。国が謝罪すると公式な記録に残ってしまう。それはマーガレットにとって不名誉なことだろう。かといって、ナサニエルが非公式な文書で謝罪しても、対象となった事件がちいさすぎてそれはそれで不自然だった。ダリオが謝罪しても同様だった。

ジョシュアには気の毒だが、いくらマーガレットを気に入っていても、彼女を王太子妃にすることは難しいだろう。やはり七歳も年上で一度嫁いだという事情があるし、マーガレット本人がその過去について揶揄《やゆ》され、侮辱された国に嫁ぐ気になれるとは思えない。

それでも、個人としてはジョシュアのまっすぐな想いが届けばいいと願ってしまう。

同時に自分の願いも——。

（謝罪させてくれるならば、許されるまで何度でも繰り返す覚悟はある。許されるまでなどと、虫のいいことを考えすぎだろうか……）

早馬で招待状が届くのに二週間、その後、マーガレットが支度をしてアリンガム王国を発ち、こちらの王城に着くまで一ヶ月。たぶん二ヶ月ほどで、ふたたびレイモンドに会える。

自分にできることは、誠意を持って対応し、たとえ許してもらえなくとも、居心地よく滞在期間を過ごしてもらう努力をすることだけだと、ダリオは思った。

そしてついに、マーガレット一行がラングフォード王国の王城に到着した。

馬車に併走する馬に跨《また》がる凜々《りり》しい姿を見つけたとき、ダリオは胸が高鳴るのを感じた。

蜂蜜色の髪が陽光を弾き、キラキラと輝いている。濃紺の軍服が白い肌によく映え、金色のボタンをあしらった意匠は、まるでレイモンドのためにあるように思えた。馬車の前後を守る騎士たちもおなじ軍服姿なのに、レイモンドだけは特別に見えるのだ。

馬車は王城の正門から入り、車寄せにピタリと止まった。後続の馬車から素早く侍従が出てきて、王女が乗る馬車の扉を開ける。マーガレットが笑顔で出てくるあいだ、レイモンドは護衛の騎士はこうあるべきといった教科書どおり、周囲を油断なく見ている。ダリオをちらりとも見てくれない。視界には入っているはずなのに。故意なのか。わざと無視しているのかもしれないと思うと、喉の奥がなにかで塞がれたように重くなった。

ダリオが馬から下りると、レイモンドも下りた。あいかわらず細身だがしっかりと鍛えているのだろう、敏捷な身のこなしだ。ダリオはマーガレットに型どおりの挨拶をし、ハートリーに案内を頼むと、あらためてレイモンドに向き直った。

透明感のある水色の瞳が、冷静にダリオを見上げてくる。一年前、「お会いできて、大変光栄です」と憧憬のまなざしで見つめてくれた彼とは別人のようだ。やはり許されてはいない。

「ひさしぶりだ。元気だったか」

「……おひさしぶりです。元気です。パース団長もお元気そうでなによりです」

愛想笑いすら、できなかった。ごく自然に接しようとしても、なぜだかぎこちなくなってしまう。まだ嫌われているとわかったうえで気にしないように振る舞えるほど、ダリオは図太くなかったし、演技派でもない。

お付きの者たちの宿舎は一年前とおなじだという説明だけをして、ダリオはレイモンドに背中を向け、その場を立ち去った。

◇◇◇

レイモンドはアリンガム王国一行のために用意されていた宿舎の窓から、中庭に設けられている鍛錬場を見下ろした。凹凸なく平《なら》された地面には、大小さまざまな円が描かれていて、その中で騎士たちが剣を振るっている。大きな円の中で、一対一で打ち合っている者もいれば、小さな円で素振りをしている者もいる。のどかな初夏の空の下、剣が打ち合わされる金属音が響き渡った。

弓の鍛錬場も造られていて、すべての設備を自由に使用していいと言われていた。厩舎はすこし離れた場所にあり、もちろん馬場もある。

一年前も思ったが、羨ましいほどに恵まれた環境だ。しかもここは王城内で、近衛騎士団専用。正規軍の宿舎と訓練場は王城の敷地外に、別にあるらしい。ラングフォード王国の豊かさを目の当たりにして、昨年は愕然としたものだ。

王城に到着してから、三日がたっていた。

「……もうすぐ交代の時間だな」

レイモンドは懐中時計を見て、身支度を整えた。脱いでいた濃紺の軍服を着て、腰に剣を下げる。レイモンドが使っているのは二人部屋で、同室者はいまマーガレットの護衛として勤務中だ。交代のために、レイモンドは宿舎を出た。

宿舎は石造りの二階建てで、一棟あたり百人が寝起きしている。それが五棟あった。今回の『王太子の誕生日を祝う会』に招待された妃候補は五人。そのお付きの者たちは、それぞれ五棟に分かれて部屋をあてがわれている。この先の展開次第で諍いが起きないよう、分けられたのだろう。

宿舎から王城へ行くのに、鍛錬場の横を通る。騎士としての血か、どうしても他の騎士たちの剣技が気になった。眺めながら歩いていると、上手いなと思える騎士を見つけた。つい足を止めて見入ってしまう。

大きな円の中で二人を相手に戦っていた男は、ダリオの副官ハワードだった。短い銀髪と鷲鼻が特徴的だ。相手の二人に稽古をつけている。

さんざん走り回らされて疲れた様子の二人が「参りました」と剣を置いたところで、稽古は終わった。ハワードはいくつか注意点を告げたあと、レイモンドを振り返った。円から出てきて、歩み寄ってくる。うっすらと額に汗を滲ませたまま笑いかけてきた。

「やあ、ブラナー、ひさしぶりだ」

「おひさしぶりです」

「こんな場所で申し訳ないが、一年前のことを謝罪させてくれないか」

ハワードが唐突に背筋を伸ばして両手を体に添わせ、きっちりと腰を折って深く頭を下げてきた。周囲にいた騎士たちが手を止めてこちらを注視している。レイモンドはいささか焦りながら「副団長殿、頭を上げてください。あなたの部下がこちらを見ています」と小声で訴えた。

「部下たちはみんな一年前のことを知っている」

「知っているんですか」

「件の騎士たちを退団処分にしたから、すぐに知れ渡った」

「退団……」

では、マーガレットを侮辱した騎士は、もう近衛騎士団にいないのか。宿舎に出入りするときに見かけたら警戒しなければと思っていたが、その必要はまったくなかったのだ。

「あのあとすぐ、団長の命令で騎士たちの意識調査をした。差別的な考え方をする者は近衛騎士団に相応しくないと判断して、遠回しに退団を勧めた。そのまま辞めた者もいるが、正規軍に移籍した者がほとんどだったな」

「……パース団長の命令で、ですか？　そこまで……」

まさかダリオがそんなことをしていたなんて、知らなかった。

「団長はあのとき、とても反省していた。私もおなじだ。二度とあんなことは起こってはいけないと、対策を講じただけだ。ついでに言っておくが、団長としての責任を取るため、半年間の無給を願い出た。まあ、パース家は由緒正しい貴族で領地も裕福だから生活に困ることはなかったようだ」

なんでもないことのようにハワードはさらりと語るが、簡単にできることではない。

「どうしてそれをアリンガム王国に知らせてくれなかったのですか」

「正式な謝罪をしていないのに、その後のあれこれだけを知らせるのもおかしな話だろう」

「それは……そもそも、正式な謝罪がなかったのはなぜですか」

「いまさら言い訳を聞きたくないかもしれないが――」

ハワードが理由を教えてくれた。国家間の大事にしたくなかったから、マーガレットにとって不名誉なことが公式な記録として残ってしまうから、と言われてしまえば、納得せざるを得ない。

（では、あの人はやはり……）

若くして近衛騎士団の団長という重責を担っている人物だけはあるのだ。尊敬に足る男だと、思ってもいいのだ。

「滞在中にまたなにかあったら、すぐに言ってくれ。君たちが快適に過ごせるよう、できるだけのことをしたいと思っている」

「ありがとうございます」

ハワードの誠意が伝わってきて、レイモンドの口元に、ごく自然に笑みが浮かんだ。

「今度、機会があったら剣技を見せてくれないか。君はアリンガム王国一番の騎士だそうだな」

「……だれからお聞きになりましたか」

相当の手練《てだ》れである副団長からそんなふうに言われて、レイモンドは羞恥《しゅうち》を覚えた。もちろん自分がアリンガム王国一だという自負はある。

「パース団長から聞いた」

「えっ」

彼がそんなことをハワードに言ったのか。どうして。

「あの、私はパース団長と手合わせをしたことがないのですが」

「したことがなくとも、身のこなしでだいたいの腕はわかるだろう。それに、その若さで王族の護衛隊長だ。腕が立つだろうなと思うのは当然だ」

「そ、そうですか」

戸惑いつつも、ダリオに認められていることが嬉しくなってくる。

到着してから三日、ダリオとは警護体制に関する事務的な会話しかしていない。レイモンドだけでなく、ダリオも態度がぎこちないように感じていた。どうすればいいのか、最初のきっかけを掴めないまま、ずるずると日がたってしまった感じだ。

けれど、ハワードから話を聞いて、このままではいけないと思った。

自然な態度で話しかけてみようか。そして手合わせしてもらえるように頼んでみようか。お互いに騎士なのだから、剣を交えればわだかまりが解けてなくなるかもしれない。

しかし、いつどうやって、ダリオにそんな話をすればいいのだろう。

レイモンドは、自分がこんなにも不器用で面倒くさい性格だったことに、二十七歳にもなって、やっと気付いた。

ため息をつきながらマーガレットの部屋へ向かう。妃候補たちは国賓用に造られた部屋があてがわれており、女官のための控えの間と、護衛のための控えの間がそれぞれ隣接していて昨年よりも使いやすくなっている。

南向きで日当たりがよく、手入れが行き届いた専用の中庭があった。この季節、中庭には花が咲き乱れ、マーガレットの目を楽しませているようだ。この三日間、マーガレットはテラスで読書をしたり、花をスケッチしたりして機嫌よく過ごしている。

レイモンドは控えの間に入り、引き継ぎをして護衛を交代した。ちょうどそこに、ラングフォード王国の侍従がやってきた。トレイを捧げ持ち、それをレイモンドに差し出してくる。

「アリンガム王国のマーガレット王女へ、ジョシュア王太子殿下よりお茶会のお誘いです」

「お茶会……」

レイモンドがトレイに載せられた封筒を手に取ると、侍従は無言で部屋の隅に下がった。こうした場合、使いに来た侍従は返事を持ち帰らなければならない。

封筒には封がされていなかったので、レイモンドは中に入っているカードを取り出した。

侍従が言っていたとおり、お茶会の招待状だ。今日の午後、とある。

「いよいよ、王太子との面談がはじまるわけだな」

レイモンドの呟きに、ほかの騎士たちも同意の頷きを返してきた。

そのカードを持って、レイモンドは隣にある女官の控えの間へ行く。女官長のタラがいたので、彼女にカードを渡した。

「お茶会の招待状ですね。使いの者は？」

「隣の部屋にいます」

「すぐに殿下にお伝えしてお返事を書いていただきます」

タラは年齢を感じさせないきびきびとした足取りで隣の部屋へ行った。女官のための控えの間には、他にリンダという若い女官がいて、窓際の机でひっそりとなにかの繕い物をしている。

リンダは黒褐色の髪を結い上げた小柄な女性だ。マーガレット付きの女官になってからまだ一年たっておらず、タラに従順だというくらいしかレイモンドは知らない。とても無口で、ほとんど会話らしい会話をしたことがなかった。

マーガレット付きの女官になれたくらいなのだから身元は確かだろうし、仕事もできるのだろうが、レイモンドはなんとなく得体《えたい》が知れない女性だと思っている。

（まあ、タラ女官長がそばにいるのだから、なんの心配もいらないだろう）

レイモンドはタラには全幅《ぜんぷく》の信頼を置いていた。

「お待たせしました」

そのタラがマーガレットの返事を預かって戻ってきた。封筒を受け取り、レイモンドは護衛の控え室に戻る。待っていた侍従に封筒を託した。

昼食を終え、午後三時頃になってから、マーガレットはジョシュアの招待に応じてお茶会に出席するため、部屋を出た。レイモンドと騎士がもう一人、そしてタラが付き添う。

「よく来てくれました」

王太子は自室の居間で待っていた。ずいぶんと私的な空間に妃候補をとおすものだ、とレイモンドはちょっと驚いた。それだけざっくばらんに話がしたいということだろうか。

ジョシュアは満面の笑みでマーガレットを迎え入れ、紳士的な態度でテラスへとエスコートする。テラスにはティーテーブルが出してあり、白いクロスがかけられていた。

「お招きいただいて嬉しく思います。素敵なお庭ですね。私の部屋からも、素敵な中庭が見えますけれど、こちらのお庭はまた雰囲気が違っていて面白いですわ」

「これは私の好みでこうしてもらっているんです。あの木の向こうには池があって、小川が造ってあるんですよ。あとで案内します」

ジョシュアは健康的な王太子だ。肌はほどよく日に焼け、はきはきとしたしゃべり方には十一歳の少年らしい快活さを感じる。純真な輝きを放つ黒い瞳は、臆することなくまっすぐにマーガレットを見つめていた。

　この少年が二年前まで市井で育てられていたという経緯は、レイモンドも知っている。長年にわたって行方不明だった第二王子が発見されたとき、王室は全国民に隠すことなく事情を明かした。いまは亡き前王妃の所業とともに、なぜ第二王子の存在を秘匿していたのか、すべてを。

　国民は王室の真摯《しんし》な態度を評価し、前王妃を許した。そしてジョシュアを歓迎した。王室が信頼されているからこそ、大きな波風が立つことなく事が収まったのだろう。羨ましい限りだ。

「まあ、綺麗なお茶ですこと」

　白磁《はくじ》の茶器に赤いお茶が注がれると、マーガレットが驚きの声をあげる。

「花の蕾のお茶です。ほら、ティーポットの中で蕾が開いています」

「なんて美しいんでしょう。ラングフォード王国には、珍しいものがあるんですね」

「お気に召したのなら、あとでマーガレット王女の部屋に届けさせます」

「ありがとう。嬉しいわ」

　ジョシュアは若い女性が喜ぶことをよく知っているようだ。

「あら、王太子殿下、てのひらに血が滲んでいます。お怪我を？」

「これは午前中に剣の稽古をしていた際、豆が潰れただけです。いったんは血が止まっていたんですけど……」

ジョシュアの侍従がその会話を耳にして、歩み寄ってきた。素早くてのひらの手当をしている。

「剣の稽古をなさっているの？」

「弓も鍛錬中です。乗馬はずいぶんと上手になりました。素晴らしい馬と鞍を兄上に贈られたので、毎日乗っています」

「まあ、ナサニエル国王陛下から馬と鞍を？」

マーガレットが目の色を変えた。マーガレットは王族の子女としての嗜《たしな》みの域を超えた、乗馬好きだった。ドレスでは馬上で横座りにならなければならないので、わざわざ衣装係に自分の乗馬用のズボンを作らせ、男性のように馬に跨がって遠乗りに行くくらいだ。

上流階級の年寄りたちからは「はしたない」だとか「女性らしくしろ」と苦言を呈されているが、本人は気にしていない。しかもそのお転婆《てんば》ぶりは、国民の人気を集めていた。

「馬に興味がおありですか。では、今度私の馬房に招待しましょう」

「殿下の愛馬に会わせていただけますの？　嬉しいです。楽しみです」

すっかりマーガレットとジョシュアは意気投合してしまった感じだ。レイモンドは思わずタラと目を見合わせ、苦笑いした。

マーガレットを飽きさせないように話しているジョシュアを、レイモンドは部屋の隅から見つめる。濡れたような黒髪と黒い瞳は、母親似らしい。まだ声変わりも済んでいない少年だが、新王ナサニエルの血縁なのだから数年の内に逞しく成長するだろう。

五年後、十年後を想像したレイモンドは、半年前に姿を消した友人をふと思い出してしまった。

同い年の黒髪の元騎士、スタンリー。

（スタン……君はいまどこでなにをしている……？）

半年前の事件は、アリンガム王国にとってまさに青天《せいてん》の霹靂《へきれき》だった。

国内の下級貴族たちが現王に不満を抱いていることは、風の噂で耳にしていた。しかしまさか、現王を亡き者にするための計画を進めているとは、思ってもいなかったのだ。

建国百五十年目に即位した現王は、正妃とのあいだに一男二女をもうけた。唯一の王子である長子のトーマスは王太子としてすでに妃を迎えており、マーガレットの姉は隣国に嫁いだ。

国は外交によって百五十年間、戦争をせずに平和を保ってきた。現王は平和ボケなのか、国政にあまり興味を抱いていない。後宮に美姫《びき》を何人も囲い、入り浸っている。

この事実は、王城に出入りする立場の者だけでなく、国民にも広く知れ渡ってしまった。いったいだれが外部に漏らしたのかわからないが、現王の評判を確実に貶めた。

王太子トーマスの評判も芳《かんば》しくない。内向的で運動嫌い、特出した技能もないため、地味にうつるのだろう。しかし王太子妃との仲は悪くないようだし、国政に携わることに関しては前向きだった。

王室が国民の支持を得ていられるのは、マーガレットの存在が大きい。わずか半年間の不幸な結婚生活にも同情が集まり、マーガレットの人気は確固たるものになっている。

そんな背景があったとはいえ、国の転覆《てんぷく》をはかるほどの事態だとは、国政にかかわる者たちはだれも思っていなかったのだ。

あれは年が明けてすぐの寒い夜だった。王は自分の居室にトーマスとマーガレットを呼び、笛の名手である愛妾のひとりに演奏をさせて、年始の行事で多忙だった数日のことを話していた。

レイモンドはマーガレットに請われてついていっており、部屋の隅で待機していた。トーマスの護衛の騎士も来ていた。王の騎士が不在であることには、違和感を抱いていた。

王は機嫌よく話していたが、トーマスとマーガレットは居心地が悪そうだった。それもそうだ、愛妾は同席しているのに母親はいないのだから。お気に入りの愛妾の笛の演奏はたしかに見事だったが、レイモンドは内心でため息をついていた。

そろそろ退室しようかとマーガレットがレイモンドに目配せしてきたときだった。

いきなり庭に面した窓が開いた。真冬の冷気がどっと吹きこんでくる。それと同時に、黒装束の男たちが何人も駆けこんできた。全員が顔を隠して目だけを露出させ、手に剣を持っている。剣技に長けた者たちだと一目でわかった。

レイモンドは頭で考えるよりも先に剣を抜き、王族と男たちの間に躍《おど》り出た。

「何者だ」

誰何《すいか》しても彼らは答えない。ただ明確な殺意を感じ取った。敏感にそれを察知したのか、愛妾が悲鳴を上げる。王が狼狽《うろた》えながら我先にと逃げようとした。その王の背中に斬りかかった男の剣をレイモンドが弾く。別の男が何度も悲鳴を上げる愛妾を、「黙れ！」と怒鳴りながら斬った。

吹き出す鮮血にさすがのマーガレットも悲鳴を迸《ほとばし》らせる。廊下側の扉から警備兵が駆けこんできた。

そこから剣による激しい攻防が展開し、最中に男たちの何人かが顔を隠していた布を落とした。見知った顔があり、レイモンドは愕然とした。王の騎士であるはずのスタンリーだったのだ。鍛錬場で見かけた軍人もいた。

運良く王族の命を守ることはできたが、愛妾は助からなかった。そして黒装束の男たちは、全員取り逃がすこととなった。その後、男たちの素性《すじょう》が判明した。現役の騎士、軍人、下級貴族の子弟などの、若者たちだった。

厳重な警備をかいくぐって王の居室までたどり着けたのは、スタンリーをはじめ王城の警備を経験した騎士が多数含まれていたからだ。この事件は、関係者のみの極秘扱いとなった。国内の不満分子に国王の命が狙われたなどと、断じて外部に漏らしてはならない。このときばかりは、一致団結して王城関係者たちは口をつぐんだ。もし外部に漏れて他国に知られたら、内乱の兆《きざ》し有りと取られて攻められてしまうかもしれないからだ。

しかし箝口令《かんこうれい》を敷いた弊害か、反乱分子たちの捜索は進んでいない。半年たっても、逃げたスタンリーたちの足取りはようとして掴めていなかった。極秘裏に捜査するのはもう限界なのだ。

（おそらく志《こころざし》をおなじくする地方の貴族が匿っている。だがそれを暴くほどおおっぴらに調べることができていない……）

できるだけ早く彼らを一人残らず捕縛《ほばく》し、王を安心させてあげたい。命を狙われた恐怖が忘れられないのか、現王はますます後宮に籠もるようになってしまった。王太子のトーマスも怯えている。変わらず振る舞っているのはマーガレットだけだった。

レイモンドの記憶の中では、いまだにスタンリーは良き友だ。なにかの間違いだったと、騙されて悪事に加担せざるを得なくなったのだと、レイモンドは思っている。

（なにか悩みがあったのなら、相談してくれればよかったのに……）

スタンリーは気持ちのまっすぐな男だ。レイモンドはそんなスタンリーを信頼していたし、騎士としての技量も一目置いていた。

いつまでも身を隠していないで、出てきて欲しい。そして釈明して欲しい。きっとなにか理由があったはずだから。

　悪事に加担する前に、どうして一言相談してくれなかったのか、そんなに自分は信用するに値しない男だったのかと、スタンリーを思い出すたびに懊悩《おうのう》する。

　レイモンドのそんな苦悩をよそに、ジョシュアとマーガレットのお茶会は、和やかな雰囲気のうちに終了した。

◇◇◇

「団長、サザーランド王国の第三王女、シンシア様が到着しました」

　ハワードの報告に、ダリオは頷いた。

「これで招待した妃候補が全員揃ったな。王太子殿下の誕生日を祝う会まで、あと二十日あまり……。お茶会の予定はどうなっている？」

「ハートリー侍従長から一覧表を預かってきました」

　差し出された紙には、午前と午後の一日二回、一人ずつ妃候補をお茶会に招待して交流を持つ予定が表にされている。単純計算では一人につき五回、交流できることになるが、回数はジョシュアの気持ち次第になる可能性が高い。

　現に、王都に二番目に到着したマーガレットは、一番乗りした他の妃候補よりもすでに多くジョシュアに会っている。お茶会の給仕役をした侍従と女官の話では、二人は会うたびに親しくなってきていて、毎回ずいぶんと話が弾んでいるらしい。今日はマーガレットに愛馬を紹介するため、ジョシュアが馬房に案内したと報告を受けている。

「団長、このままマーガレット王女が王太子妃に決まるのでしょうか」

「それは陛下と王太子殿下がお決めになることだ。なんだ、おまえもマーガレット王女と王太子殿下の年の差とか、一度嫁いでいることを問題視しているのか？」

「いいえ、個人的には、まったくそんなことは思っていません。私が気にしているのは、我が国の大臣たちですよ」

「年寄りは総じて頭が固いからな」

「我が国とアリンガム王国は友好関係を維持しているので、外交的にはなんら問題ありません。あちらの王家にとっては、願ってもいない縁談になるのは間違いないでしょう。だからこそ、大切なのはお二人のお気持ちだと思うのです。王子として王城に入る前、大変なご苦労をされた王太子殿下には幸せになってもらいたいです。年寄りたちには、余計な口を出してほしくありません」

　語気を荒げて言い切っているハワードは、完全にジョシュアに傾倒《けいとう》している。ナサニエルにはカリスマ性があり国民から信頼されているが、ジョシュアにもやはり人心を集めるなにかが備わっていた。

だからこそ、十歳まで存在が知られていなかったにもかかわらず、王城で暮らすようになってすぐ周囲の者たちに王子として認められ、それがやがて国民に伝わり、立太子の儀式まで順調に進んだのだ。

幸せになってもらいたいという思いは、ダリオも一緒だ。

しかし――。

レイモンドの冷たい瞳が脳裏に浮かぶ。マーガレットが一度嫁ぎ、相手が病死した事実はなくならない。それを揶揄する輩《やから》も、きっといなくなることはない。大部分の人々が祝福したとしても。

大国から望まれたとはいえ、大切な主が嫁ぎ先で侮辱されるとわかっていて、喜んで差し出す者ばかりではないのだ。妃候補としてマーガレットが招待されたことを、レイモンドはたぶん面白く思ってはいない。王城入りしたあの日の態度と、その後もろくに口をきいてくれないことから、それはよく伝わってきた。

そのとき扉が叩かれ、文官が呼びかけてきた。

「パース団長、面会を求めてアリンガム王国の騎士レイモンド・ブラナーが来ています。どういたしましょうか」

思わずダリオはハワードと顔を見合わせてしまう。アリンガム王国の話をしていた、いま？　――という感じだ。レイモンドがわざわざ近衛騎士団長の執務室まで訪ねてきたのは、今回の王城入り後、はじめてのことだった。

「通してくれ」

ダリオが応じると扉が開き、蜂蜜色の髪をした青年が入ってきた。すっと背筋を伸ばしたレイモンドは相変わらずの見目麗《みめうるわ》しさで、ダリオは直視できず微妙に視線を逸らす。

美形という括りならばナサニエルもジーンもそうなのだが、こんなふうに直視できなかったことなどない。なぜレイモンドだけに過剰な反応をしてしまうのか、ダリオは自分でもわからなかった。

「パース団長、突然の面会を許可してくださり、ありがとうございます」

きっちりと頭を下げて礼を言い、レイモンドは執務机の前まで進んできた。

冷ややかさは一切ない。水色の瞳からは、むしろ柔らかささえ感じた。なのにダリオは射竦められたように動けなくなる。

王都に到着したときと、いまこうして対峙《たいじ》しているレイモンドは様子が違っているように見えた。ダリオに対する棘《とげ》が感じられない。この数日のあいだに、心境に変化を起こすようななにかがあったのだろうか。それとも、二度とアリンガム王国一行に不快な思いをさせないよう、近衛騎士だけでなく王城の警護の者や女官、侍従たちにしつこく言い聞かせた結果、快適に過ごせているからだろうか。

「礼を言われるまでもない。王城に滞在中の他国の騎士とは、いつでも連携を取りたいと思っている。警備についてなにか不足部分があったか？　それとも変更箇所でも？」

　直視できないことを気取られないよう、ダリオはいつもどおりの口調を心がけた。

「いえ、警備について話があったわけではありません。今後のことについて、パース団長のご意見を伺いたいと思いまして」

「今後のこと？」

「今日私は、マーガレット殿下に帯同してきた臣下を代表してパース団長に会いに来ています」

　レイモンドの目的がなんとなく読めて、ダリオは身構えた。たったいま、ハワードと話していたことだろう。

「ジョシュア王太子殿下は、連日のようにマーガレット殿下をお茶会に招待してくださっています。女官の一人が、他国の姫君はそれほど何度も招待されていないらしいという話を小耳に挟んできました。マーガレット殿下ばかりが招待されている理由をお聞かせ願いたいのです」

「それは、まあ……はっきり言って、ジョシュア王太子殿下がそちらのマーガレット王女を気に入っているということだろうな」

　ここで誤魔化《ごまか》しても仕方がない。隣に立って話を聞いているハワードも頷いている。

「おそらくそうなのだろうと私たちも察してはいるのですが……マーガレット殿下の事情

を、ジョシュア王太子殿下はご存じなのでしょうか。王太子殿下はまだ十一歳。今度の誕生日で十二歳になる未成年です。ただ気が合うからというだけでマーガレット殿下をご自分の妃候補にと推《お》しているのならば、後々問題になりはしませんか?」

レイモンドはいったん言葉を切り、躊躇《ためら》いながらも話を続けた。

「マーガレット殿下はすでに十九歳です。一度隣国に嫁ぎ、お辛い目に合われ、国に戻ってこられました。わずか半年の結婚生活でしたが、それでも一度嫁いだという事実はなくなりません。もしまた嫁ぐことがあっても、国内の有力貴族の後妻におさまるか、一夫多妻制の国の第二夫人あたりに落ち着くのではないかと、我が国の重鎮たちは考えています。ラングフォード王国のような大国の王太子妃になれるとは、露ほども思っていないのが実情。それでも、もしも良縁が舞い込んできたらという望みは捨て切れていません。マーガレット殿下は王家にとって大切な姫であり、国民の人気も高い。みな、お幸せになってほしいと願っています。期待させておいて夢で終わらせることほど残酷なものはありません……」

つまり、レイモンドは期待させるだけさせてなにもなかったで済ませられては困る、と訴えたいわけだ。

アリンガム王国の国民の気持ちは、痛いほどよくわかる。ダリオをはじめラングフォード王国の国民も、ジョシュアには幸せになってもらいたいと思っているからだ。

「……マーガレット王女のお気持ちはどうなのだ？　さきほど君が言ったように王太子殿下は七つも年下の未成年だ。王女から見たら、まだまだ子供だと思う。望まれたら嫁ぐ気になれるものだろうか」

「それは……わかりません。直接、お気持ちを聞いたわけではないので。けれど、マーガレット殿下は年齢や立場で人を見ません。ジョシュア王太子殿下とは確かに七つも年が離れていますが、お茶会の招待には喜んでおられるご様子。国のために無理をされているのではないようです」

マーガレットの対応は王族の大人なら当然だ。困惑しながらお茶会に足を運んでいるとしても、それを周囲の者に気取られるほど浅慮ではないのだろう。

「もしもの話だが、ジョシュア王太子殿下がマーガレット王女を妃にと望まれた場合、そちらとしてはどうなのだ？」

「正直に言いますと……殿下も私たちも今回の招待――つまり王太子妃候補の一人に選ばれたことを真剣に受け止めていませんでした。友好国からの招待でしたので断るわけにはいかず、旅行気分でラングフォード王国まで出かけようと殿下も言われていました。けれど蓋を開けてみたら、ジョシュア王太子殿下はずいぶんとマーガレット殿下を厚く遇され、私たちは戸惑っています」

「君自身はどう思っている？」

「私ですか？」

「そうだ、君の気持ちだ」

「私は……」

レイモンドは一瞬だけ目を伏せたあと、ダリオを正面から見つめてきた。

「もし王太子妃にと望まれるとしたら、これほどの良縁はないと思っています。いまは七つの年の差が大きく感じますが、年を経ればたいした問題ではなくなるでしょう。マーガレット殿下は聡明な方です。大国ラングフォード王国の王太子妃として、ゆくゆくは王妃として、ご立派にその役目を果たされることでしょう」

レイモンドは賛成しているのか。腹の中では正反対のことを考えているといった様子はない。てっきり反対するだろうと思っていただけに、困惑が隠せなかった。ダリオが無言で視線を泳がせているのを、レイモンドは誤解したようだ。

「パース団長は望ましくはないとお考えですか」

「いや、そういうわけではない。私はてっきり、君は反対すると思っていた。王城の正門で出迎えたときの様子から、一年前のことをまだ許してくれていないのだとわかったからだ。いや、許さないのは当然だ。悪かったのはこちらだ」

レイモンドはいったん目を伏せた。

「今回――招待されたことを、こころよくは思っていませんでした。立場上断れず、来なければならない私たちを愚弄《ぐろう》するつもりなのかと、心穏やかではありませんでした。けれどラングフォード王国は私たちをとても歓迎してくださり、マーガレット殿下を丁重にもてなしてくださった。一年前の出来事を、いつまでも引きずっていてはいけないと思いはじめていたときに、そちらのハワード副団長と話をする機会がありまして――」

レイモンドとハワードが話した？　ダリオが仕方なく意識的にレイモンドを避けるようにし、話したくとも話せない日々に鬱々《うつうつ》としていたあいだに？

思わず咎める目でハワードを振り返ってしまった。ダリオに睨まれて、ハワードがひょいと肩を竦める。

「話をしたといっても、宿舎の前ですこし立ち話をしただけです」

「なにを話したのだ」

「一年前のことを改めて謝罪しました」

「それだけか？」

「マーガレット王女一行が帰国してしまったあとの経緯をすこし」

「経緯？　どこからどこまでを話したんだ？」

「件の近衛騎士を退団処分にしたことと、団員の意識調査をしたこと、団長が半年間の無給を申し出たことです」

無給についてはは言わなくてもよかったように思う。「教えてもらえてよかったです」とレイモンドが微笑む。

「それだけでなく、パース団長が私のことをアリンガム王国一の剣士だと言ってくださっていたなんて、知りませんでした。ぜひ一度、手合わせをお願いしたいです。もちろん、あなたに勝てるとは思っていません。私はそこまで自惚《うぬぼ》れてはいませんから。稽古をつけるくらいの軽い気持ちで、私の相手をしてくださいませんか?」

まさかレイモンドが態度を軟化させて、ここまで言ってくれるとは予想もしていなかった。世界が急に明るくなったように感じた。

「あぁ、それは、構わないが……稽古だなどと、そんな、私の方こそ……その……光栄だと思うし、軽い気持ちではなく……」

「団長、さっそく明日の休憩時間にやりますか」

「えっ、なにを?」

「だから手合わせです」

ハワードの提案に、ダリオはおおきく頷いた。

「ではブラナー、明日の午後でどうだろう」

「ありがとうございます。嬉しいです」

決定してしまった。嬉しそうにしているレイモンドから、今度は目が離せなくなる。

レイモンドは丁寧に礼を言ってから退室していった。閉じられた扉をいつまでもじっと見つめているダリオに、ハワードが「よかったですね」と笑いかけてくる。

「彼はマーガレット王女の護衛隊長です。王太子殿下のためにも、今後のことを考えるとアリンガム王国の者とは親しくしておいた方がいい。彼らを刺激しないように避けてばかりでは事態は解決しないと思い、声をかけてみて正解でした」

「……そうだな」

ハワードは今後のためにレイモンドと話す機会を持ったらしい。自分の知らないうちに親しく会話していたなんて何事だと、わずかでも苛ついたことが恥ずかしかった。

明日の手合わせは真剣に挑もう、と心に決める。気の抜けた剣を見せてレイモンドをがっかりさせたくない。期待以上のものを披露して彼を感動させ、また手合わせをしてほしいと言わせたいと思った。

翌日の午後、近衛騎士団の鍛錬場でダリオとレイモンドは剣を手に向き合った。使うのは訓練用の刃を潰した剣だ。ケガ防止のために、胴当てと籠手《こて》等の防具も装着している。ラングフォード王国では、命を懸けた決闘以外の場では防具装着を義務付けている。訓練でケガをするほど愚かなことはないからだ。それは団長のダリオも例外ではない。

「よろしくお願いします」

レイモンドが剣を構える。ダリオも剣先を上げた。周囲を取り囲んでいた近衛騎士団の騎士たちと各国の妃候補の騎士たち、その他の野次馬が、しんと静まりかえる。

二人のためにハワードが事前に場所を空けておいてくれたため、ダリオとレイモンドが手合わせをするという話が王城の中に広まってしまった。仕事中の者以外は全員集まっているのではといった人だかりだ。ちょっとした祭りのような空気になっている。

けれどレイモンドは特段緊張した様子はない。構える姿勢は自然で、無駄な力みは見られなかった。手本のような美しい姿勢に、ダリオは内心で惚れ惚れしていた。

「始め」

審判としてそばに立っていたハワードが合図を出す。即座にダリオは剣を繰り出した。レイモンドはサッと躱《かわ》し、軽い足捌《あしさば》きでダリオの背後に回り込もうとする。鋭く切り込んでくる剣を、ダリオはおのれの剣を背中に回して後ろ手で受け、身を翻した。

周囲から「おおっ」と感嘆の声が上がる。ダリオの大きな体が見た目に反して俊敏だったからだろう。もちろん騎士団の者たちは知っているが、騎士たちの日常の訓練など、見たことのない野次馬も多い。

レイモンドもダリオの身軽さに目を瞠《みは》った。けれど、すぐに口元に笑みを浮かべて切り込んでくる。それを次々と躱し、ダリオも攻めに転じた。

予想通り、レイモンドの剣は鋭く正確で、身が軽いためになかなか仕留めることはできない。しかし体格の違いから体力差は歴然としており、ダリオは彼に休む間を与えることなく攻撃し続けた。

ダリオ自身がわずかに疲労を感じはじめたころ、レイモンドは額に玉の汗を滲ませ、すでに肩で息をしていた。握力と腕力が限界近いのか剣先はぶれているし、いまにも足が縺《もつ》れそうだ。こうなってしまうと、実戦ではもうレイモンドの負けである。

「そこまで」

ハワードが終わりの合図を出した。ワッ、と周囲から歓声が上がり、拍手まで起こる。レイモンドは力尽きたようにその場に膝をつき、ふて腐れたような表情でダリオを見上げてきた。はじめて見る顔だった。思わず苦笑が漏れる。

「大丈夫か」

「……………大、丈夫……では、ありません……」

なかなか呼吸が整わず、悔しそうに口を歪ませるレイモンドだが、そんな顔もきれいだ。ダリオが場外に視線を送ると、世話係として待機していた騎士が駆け寄ってきた。ダリオとレイモンドの防具を手早く外してくれる。そして手拭《てぬぐ》いと水が入ったカップを渡してくれた。

水を飲み、滲んでいた汗を拭いながらレイモンドを見ると、おなじように額の汗を拭いている。日陰に用意しておいた椅子《いす》へと促した。彼は従順にダリオの後についてきて、椅子に腰を下ろす。

野次馬たちが三々五々に散っていく。口々に「凄かった」「団長は強いんだな」「アリンガム王国の騎士も上手かった」と興奮気味に感想を言い合っているのが聞こえた。どうやら見物客たちには満足してもらえたようだ。

レイモンドはどうだろう、と隣に座る男をちらりと見遣る。汗が止まらないようで、まだ手拭いで顔を拭いている。白い頬が紅潮《こうちょう》している様には、とても色気を感じた。凝視していては変に思われるだろうと、視線を戻す。

人波が引き、やっといつもの鍛錬場になる。空いた場所で騎士たちが剣を振りはじめた。全員がダリオの部下で、どんな剣の癖があるか、よく知っている。上手くなっているかを真剣に見ていると、レイモンドがぽつりと呟いた。

「あなたの恵まれた体格が羨ましい」

驚きとともにレイモンドを振り返る。拗《す》ねたように唇をわずかに尖らせている表情を目にしてしまい、心臓がドキリと鳴った。

「私はどれほど鍛えても、これ以上筋肉がつかないのです。体力をつけるにも限界があります。それを補うために俊敏性を求めてきました。自国の騎士の中で、私以上に素早く動ける騎士はいません。けれど、あなたのように腕力だけでなく、俊敏さも備えている人には負けます。そんな人は滅多にいませんが」

「それは……褒《ほ》められているのか？」

「……褒めています」

とても不本意そうにレイモンドが頷く。たまらなく可愛いと思ってしまい、ダリオは顔がニヤけそうになった。さり気なさを装いながら手拭いで口元を隠す。

「パース団長は騎士としての資質に恵まれた、希有《けう》な存在なのだと、改めて実感しました。また手合わせをお願いできますか」

「もちろんだ。いつでも応じよう」

「ありがとうございます」

ふっと表情を緩めたレイモンドが蜂蜜色の髪をかき上げる。その指の細さ、露わになった額の滑らかさに目を奪われる。

「できれば弓の指南《しなん》もお願いしたいのですが。パース団長は弓も長《た》けていると聞きました」

「わかった」

レイモンドのためなら何度でも弓を引こう。弦《つる》で指がすり切れるまで引いてもいい。喜んでもらいたい。称賛してもらいたい。だれにでもない、レイモンドに。

ダリオは心が浮き立つような感覚に囚われ、ハワードが執務に戻るようにと声をかけてくるまで、時間を忘れてレイモンドと木陰の椅子で涼んでいた。

◇◇◇

陽光きらめく中庭に、少年の伸びやかな笑い声が響く。すこし大人びた少女のような声も混じり、王太子の庭では幸せそうな光景が繰り広げられていた。

ジョシュアとマーガレットは庭を散策している。二人は手を繋いで歩いていた。話をするときは顔を寄せ合う。マーガレットのドレスの裾をジョシュアがちょっと持ち上げてやり、人工的に造られた小川にかかる橋を渡るのを手伝ってあげているのが見えた。

テラスの柱の横から、レイモンドはその光景を眺めている。

お茶会はすでに十回を超えていた。二桁に達したのは、妃候補者の中でマーガレットだけらしい。最初の頃は会話が聞こえる距離にだれかが控えていたが、最近では、二人のあまりの仲睦《なかむつ》まじさに、女官や侍女たちは近づかないように気を遣っている。

庭のところどころには警備兵が配備されていることもあり、レイモンドもこうして距離を置いて待機していた。

「王太子殿下もやるなぁ」

唐突に背後で声がして、レイモンドはびっくりした。いつの間にか真後ろにダリオが立っていた。まったく気配を感じることができなかったレイモンドは、ついダリオを恨めしげに睨んでしまう。

「いきなり後ろに立たないでください」

「気付いていないなかったのか。すまない」

わざと気配を殺してきたのだろうに、ダリオは素知らぬ顔でそんなことを言う。ほかの騎士にこんなことをされたら自己嫌悪に陥って素振り千回をおのれに課すところだが、相手がダリオならば仕方がないと思ってしまう。

「聞いていたよりもずっと、王太子殿下とマーガレット王女は距離を縮めているようだ」

だれかから報告を受けていたらしい。自分の目で確かめに来たのだろう。

「もうまるで恋人同士のようじゃないか」

「そうですね」

「王太子殿下は、年上が好みだったんだな。ジーン殿下の影響だろうな」

当然のようにダリオが呟くので、レイモンドは不思議に思った。

「どうしてそう言い切れるのですか」

「あれだけの年上美人に育てられたんだぞ。それも命がけで。否応なく影響を受けるだろう」

そういうものなのだろうか。レイモンドにはわからない。ジーンほどの美形は身近にいなかった。

なんとなく、レイモンドとダリオは並んで、若い二人で楽しそうに交流している場面を眺めた。

「ブラナー、今日の予定はどうなっている?」

唐突に聞かれたが、レイモンドは「殿下が居室に戻ったら交代です」と即答した。

「そうか。ならば弓でも引かないか」

「弓術を指南してもらえるのですか？」

ダリオの気が変わらないうちにと、レイモンドは急いで「引きます」と詰め寄る。ダリオは苦笑して「わかった」と頷いてくれた。

「では、終わったら執務室まで来てくれるか。君に合わせて、私も今日の仕事を終えよう。いっしょに鍛錬場まで行こうか」

「はいっ」

元気よく返事をするレイモンドに笑いかけ、ダリオは「またあとで」と手を振って去って行った。もしかして、ジョシュアとマーガレットの様子を見に来ただけでなく、レイモンドに会う目的もあったのだろうか。

もしそうだったら、嬉しい。

（団長が弓を引くところを見せてもらえるのか）

わくわくしてドキドキもしてきて、レイモンドは頬が緩みっぱなしになった。

ジョシュアとのお茶会から戻ると、マーガレットは長く考え事をするようになった。そんなとき、女官たちは気を遣ってそっとしておく。

「殿下は、ジョシュア王太子殿下に心が動かされているご様子ですね。いったいどうなるのでしょうか」

タラが心配そうにため息をつく。幼少期からマーガレットを見守ってきたタラにとって、結婚話は最重要問題だった。

「ブラナー、もし王太子妃にと正式に望まれたら、我が国は断れないでしょう？」

「断れませんね」

「この国に嫁いで、殿下はお幸せになれるのでしょうか」

「なってほしいと思います」

きっと幸せになれる、などと軽々しく言えず、レイモンドは自分の願いを口にした。

「そうね」とタラが苦笑しながら頷く。

「ジョシュア王太子殿下はとても誠実でまっすぐな性格の方のようだから、殿下を大切にしてくださるでしょう。けれど、周りはどうかしら。この国の民は？　反感を買って、殿下の精神的なご負担にならなければいいのだけれど……」

細く開けた扉の隙間から隣室を覗き、タラはマーガレットの様子を窺う。ティーテーブルに肘をつき、ぼんやりと中庭を眺めていた。

「それはそうと、ブラナー、パース団長と剣の試合をしたんですって？」

振り向いたタラは目を眇めていた。手合わせをしてもらったのは一昨日だ。昨日は弓の技を見せてもらった。話に聞いていた通り、ダリオは弓の名手でもあった。ちなみに使用していた弓は通常のものより重く、弦は固く、試しにレイモンドも引かせてもらったら、矢がまったく飛ばなかった。

つくづく恵まれた体をしているものだと、感心を通り越して呆れた。

「試合というほどのものではありません。剣の手合わせをお願いしただけです。稽古をつけてもらったような感じでした」

「そういう大切なことは、わたくしにも教えてくださいな。非番の者は見物に行ったそうではないの。わたくしも見たかったわ」

「それは……すみません」

タラに怒られて、レイモンドは謝るしかない。あのとき大勢の見物客が集まっていたが、まさかタラもあの中に入りたかったとは思わなかった。

「それで、パース団長はどうだったの？　とても強いと聞いているけれど」

「強かったです。あんなに逞しくて大きな体をしているのに、私並みに俊敏でした。腕は互角だったと思います。敗因は体力の差でしょう。先に私の息が切れてしまい、どうにもならなくなりました」

でしょうね、とタラに頷かれ、レイモンドは面白くない。

「でもまあ、よかったわ。あなたがパース団長と和解することができて。殿下への忠誠心が強いのは悪いことではないけれど、一年も前のことをいつまでも引きずっていては、今後に悪影響がありそうですからね」

一年も前とタラは言うが、あのとき一番腹を立てていたのはこの人だ。大切な大切な姫が侮辱されて、顔を真っ赤にして怒っていた。

けれど時間がタラの気持ちを癒し、マーガレットのためにもこだわるのをやめたらしい。さらに今回、丁重にもてなされていることでラングフォード王国の誠意を正しく受け止めたのだろう。

「心配をかけてしまったようで、すみませんでした」

思い切って執務室まで訪ねていってよかった。二人の関係は、一年前の事件が起きるまえに戻った。

(パース団長はやはり心の広い方だ。いままでの私の態度を許してくれただけでなく、剣と弓の指南までしてくれた)

実は明日も約束している。今度は実践的な剣技のコツを教えてもらえるらしい。楽しみだ。

「私はパース団長に比べたら人としてまだまだです。それがわかったので、いままでの態度を心から反省しました」

「おのれを省みることは大切ですね」

「パース団長を、尊敬しています」

「あらあら」

他国の騎士にそこまで傾倒するのはどうかと、人によっては非難されるだろうが、タラは目を丸くして驚きながらも面白そうに笑ってくれた。

「失礼します」

扉を開けてリンダが入ってきた。相変わらず存在感が薄い女官だ。手に封書を持っていた。

「さきほど国から使いが来ました。これをブラナー隊長に、と」

「ありがとう」

封書を受け取る。差出人は、アリンガム王国の外務大臣だった。きっちりと封蝋《ふうろう》がされていることを確認し、レイモンドはその場から離れた。

「リンダ、ちょうどいいところに来ました。殿下にお茶のお代わりを」

「はい、わかりました」

タラとリンダのやり取りを背中で聞きながら、人目がないところまで移動した。開封して外務大臣の筆跡で綴《つづ》られた文章を読む。

内容は、スタンリーをはじめ半年前に謀反《むほん》を企んだ一派の消息についてだった。匿っているのではと疑いをかけていた地方貴族の屋敷を、やっと捜索することができたらしい。地下に造られた隠し部屋に潜伏していた痕跡はあったが、誰一人として捕縛することはできなかった、と書かれている。

周辺住民からの聞き取り調査では、捜索の二日前の夜中に、複数の人馬が貴族の屋敷から出て行ったということだ。捜索の日取りが漏れていた可能性を指摘して、手紙は終わっていた。

外務大臣はスタンリーがレイモンドの友人だったことを知っている。もしスタンリーが接触を図ってきたら、隠すことなく知らせるようにと言われていた。レイモンドに助けを求めるか、あるいはなんらかの情報を聞き出そうとしてくる可能性はあった。

もしスタンリーが連絡を取ってきたら、レイモンドは迷いながらも知らせるだろう。友人の身を心から案じているが、国を裏切るつもりはない。レイモンドの忠誠心が篤いことを、大臣はわかっているのだ。

（スタン……）

ダリオとの明日の約束が楽しみでワクワクしていた気持ちが、すうっと消えていく。

スタンリーはいまどこにいるのか。逃げ続けても未来はない。かといって捕まれば、王家に背いた罪をその命で贖《あがな》わされるだろう。

でもレイモンドは、スタンリーに堂々と裁判で釈明してほしかった。

騎士になるとき王家に忠誠を誓ったはずなのだ。それなのに刃を向けたからには、よほどの事情があったにちがいない。それを、レイモンドは聞きたかった。

蝋燭《ろうそく》が立てられた燭台《しょくだい》を手に、レイモンドは外に出た。大臣からの手紙を蝋燭の火にかざす。不用意にゴミとして捨てるわけにはいかない内容だ。半年前の事件は他国に漏れないよう、関係者に箝口令を敷いている。周辺国に弱みを見せるわけにはいかないからだ。

蝋燭の火はすぐに燃え移り、紙はめらめらと燃えはじめた。手に持つことができなくなってから、地面に落とす。黒い灰になるまで、レイモンドはじっと見下ろしていた。

翌日、約束していた時間に鍛錬場へ行くと、ダリオはすでに来ていた。

「パース団長、お待たせして申し訳ありません」

レイモンドが謝罪すると、ダリオは明るく笑った。

「いや、君は遅れていない。書類仕事が一段落したところだったから早めに来ただけだ。ついでに団員たちに指導をしていた」

横から手拭いを渡されたダリオは、額と首筋の汗を拭う。明るい太陽の下、日に焼けた肌に滲む汗が健康的に輝いていた。ほんのわずかな瑕疵《かし》もない、眩《まぶ》しすぎる正しい存在感に圧倒される。大臣からの手紙が心に重くのし掛かっていたレイモンドにとって、それは救いにも見え、また脅威にも思えた。

　ダリオに正面に立たれ、レイモンドはわずかのあいだ、言葉を失った。棒立ちのままなにも言わないレイモンドに、ダリオが不審そうな顔をする。

「どうかしたのか？」

「……いえ、なんでも……」

「そうか？　顔色が悪いように見えるが……。体調がよくないなら、今日は中止にして――」

「大丈夫です。どこも悪くありません」

　この時間を楽しみにしていたのだ。中止にするなんてとんでもない。レイモンドが剣を手にしようとすると、ダリオが制してきた。

「ブラナー、無理をするな。ここで倒れられたら、私がアリンガム王国の騎士を力尽きるまでしごいたと噂されてしまう。そんなことになったら、君も困るだろう」

「……それは……」

　言われてみればたしかにそうだ。

「すみません。私は自分のことしか考えていませんでした。パース団長に迷惑をかけることまで思い至らず――」

「ああ、すまない、君を責めるつもりはなかった。私の迷惑などどうでもいい。つまり、君が心配なんだ。とりあえず座って休もう」

　また木陰に椅子が用意されていた。ダリオとともにそこに座り、騎士たちがそれぞれの技を磨いている光景を眺める。

「食事は取れているのか？」

「取りました」

　昨日、手紙を受け取ってから食欲をなくしていて、通常の半分も食べることができていないが、なにも口に入れていないわけではない。体が資本の騎士なのに、食事が取れなくなるのは恥ずべきことだ。体調管理も仕事のうちだと教育されてきた。できればダリオには知られたくない。

　このまま今日は中止にした方がいいだろう。

　剣技を教えてもらう約束が無しになったのなら、こうして座っているだけの時間は無駄でしかない。ダリオは多忙の身だ。複数の妃候補とそのお付きたちが大勢、王城の敷地内に滞在しているのだ。近衛騎士団長として、やらなければならないことは山ほどあるはず。にもかかわらず、レイモンドのために時間を割いてくれたのだ。

　非常に残念だが、仕方がない。

「あの、パース団長、申し訳ありませんが、今日のところは中止にしてもいいですか」

「君がそう言うのなら、そうしよう。医師が必要なら手配するが？」

「いえ、そこまでしていただかなくても、本当に大丈夫です。その、国から手紙が届きまして、いろいろと考え事をしているうちに憂鬱《ゆううつ》になっただけです」

「なにかあったのか？」

「……身内のことです」

そう言っておけばダリオは追及してこないだろうと踏んだ。案の定、「そうか」と頷いて終わりにしてくれる。

「すこし気分転換すれば晴れるていどの気鬱《きうつ》です。近いうちに指南してくださいますか」

「それは、もちろん」

では、とレイモンドはダリオに礼をしてその場を離れた。とりあえず宿舎の部屋に戻って着替えよう。

「おい、レイモンド」

背後から声をかけられ、同時に肩に腕がまわされた。同室の騎士だった。彼の肩越しにダリオが見える。こちらを見ていた。

「もう今日は上がりだろう？　いまから街に出ないか？」

「飲みに行くのか」

「まあ、飲むことにはなるだろうが、花街《はなまち》だ」

同室の騎士はニヤニヤと笑い、浮かれた調子で、仕入れた情報を話して聞かせてくれる。

どうやら、この国の騎士と親しくなり、独身男らしい息抜きの方法を教授してもらったようだ。どこの店は安いだとか、どこの店の娼妓はきれいだとか、レイモンドが興味なさそうにしているのに滔々《とうとう》と語る。アリンガム王国にも花街はあるが、カノーヴィルのそれは規模と質がちがうらしい。

「いっしょに行こう」

男として、花街で遊んだ経験が一度もないとは言わない。けれど、いまはそんな気分になれない。花街に繰り出す元気があれば、ダリオと手合わせができた。

断りの言葉を口にしようとしたときだった。

「ブラナー」

声がかかって振り向いた。木陰の椅子からいつ離れたのか、ダリオがすぐ後ろに立っていた。眉間に皺が寄っている。

「すこし自分の部屋で休みたくなった。ブラナー、付き合ってくれるか？」

唐突にダリオがそう言い出した。

「えっ、部屋ですか？」

驚いているレイモンドに構わず、ダリオが同室の騎士の腕を払いのけ、二の腕を掴んできた。いささか強引にぐいっと引っ張られ、わけがわからずついていくことになる。

レイモンドはまっすぐ近衛騎士団長の執務室へ向かっているようだった。例の納戸のような部屋を目指しているとしか思えない。中がどうなっているのかすくなからず興味があったので、黙って後をついていった。

たどり着いたのは、やはり近衛騎士団長の執務室。室内にはだれもいなかった。

「こっちに」

ダリオは自分の机を回り込み、その後ろにある扉を開けた。促されるままになかへ入る。そこにはいささか狭いながらも、居心地がよさそうな、居間にしか見えない空間が広がっていた。使いこまれたソファとテーブル、季節柄いまは使われていない暖炉《だんろ》、床に敷かれた絨毯は年代物のようだが細かく織られた模様から高級品とわかる。

意外にももう一部屋あって、右手にある開け放されたままの扉の向こうには天蓋付きの立派な寝台があった。

寝台が見えていることに気付いたダリオが扉を閉める。生活空間をもっと見たかったのに、と思ってしまった自分に、レイモンドは羞恥を覚えた。

(私はなにを考えているんだ……)

ダリオの私生活が垣間《かいま》見《み》えたことに、一瞬浮かれてしまった。

「ここで寝起きしていることを、近衛騎士団の者たちは、みんな知っているのですか?」

「知ってはいるが、ここに入れたのはハワードと君だけだ」

ダリオはさらりとそう言い、驚いて固まっているレイモンドに座るよう促した。棚から瓶とグラスを二つ、出してくる。

「すこし飲みたい。君も付き合え。生憎《あいにく》と、この部屋にはこれしかない。これくらいなら水とおなじだからいいだろう」

見覚えのあるラベル——。それは一年前に一本贈られた、パース家の領地で造っている果実酒だった。

「その果実酒……」

「覚えていたか？」

「忘れるはずがありません」

ダリオはニッと笑って果実酒の栓を抜いた。透明感のある赤い酒がグラスに注がれる。

（ハワード副団長と私だけ……）

本当だろうか。本当にここに入ったのは、ハワードとレイモンドだけなのか。ハワードは副官なのだから私生活に足を踏み入れることを許されて当然だろう。貴重な二人目が、他国の騎士である自分だということが信じられない。

信じられないが、嬉しかった。すごい特別扱いだ。なぜそこまでしてくれるのか聞きたい、知りたい。けれど聞いていいものだろうか。

「乾杯しよう」

ダリオがグラスを掲げる。

「なにに乾杯するのですか」

「我々の出会いに」

「……出会いに」

出会いに、乾杯。なぜだか胸がきゅんとして、レイモンドは瞳が潤みそうになった。

一口、果実酒を飲む。一年前とおなじ味がした。とても美味しい。

はじめてダリオの私室に入れてもらったことと、出会いに乾杯したいと思ってくれていたことが嬉しくて、レイモンドはついつい酒が進んでしまった。もともとそう強い方ではない。いつしか背筋を伸ばしていられなくなり、レイモンドはソファにくったりと身を沈めた。きっと顔が赤くなっている。ダリオの前で酔うなんて恥ずかしいが、こればかりはどうしようもなかった。

「ブラナー、もう酔ったのか？　もしかして、そうとう弱いのか」

「それほどではないつもりですが……」

たぶん胃が空の状態で酒を飲んだからだ。スタンリーのことで食欲をなくしていたことを忘れていた。

「それはすまなかったな」

ダリオがレイモンドからグラスを取り上げようとしたので抵抗した。これは自分のものだ。一年ぶりに飲むことができた、パース家の果実酒。だれにも奪われたくない。たとえ

「無理に飲まなくていい」

当人であろうと、ダメだ。

「無理じゃないです。これは私のものなので手を出さないでください」

「もう顔が真っ赤だぞ。どれだけ弱いんだ。まいったな、そんなつもりじゃ」

「そんなつもりって、どういう意味です?」

「……君を自室に連れこんで、酔わせるつもりはなかった。しまったな……」

ダリオがため息をついている。後悔されたくなかったので、レイモンドはソファに座り直して背筋を伸ばした。

「弱いですけど、すぐに醒めます。パース団長が気に病むことはありません」

「しかし——っておい、注ぐな。もう一本飲んでしまったのか」

「大丈夫ですって。これ、やっぱり美味しいですね。今度こそ持って帰りたいです」

「何箱でも贈ろう。二本目はやめておけ。頼む」

大国の近衛騎士団長ともあろう人が、他国の一介の騎士に「頼む」だなんておかしい。レイモンドは楽しくなって、クスクスと笑った。果実酒の瓶を取り上げられたが、もう腹は立たない。

「笑い上戸か?　まあ、君に暗い表情は似合わないからいいが……」

「似合わないですか。じゃあ、どんな顔が似合うと思っていますか?」

「それは、その、笑っている顔に決まっているだろう」

ダリオも酔ったのか、頬がほんのりと赤くなっているように見えた。日に焼けた浅黒い肌。本当に赤くなったのだろうか。確かめたくて、レイモンドは酔いでぼんやりとした思考回路を正すことができないまま、ダリオの頬に手を伸ばした。触れてみたら、熱かった。

「ブラナー、いきなりどうした?」

慌てたように、ダリオがレイモンドの手を払い落とした。ますます頬が赤くなっている。

「頬が熱い……。どうしてですか。酔いましたか」

「……酔ったみたいだな」

「水とおなじだと言った果実酒で?」

「酒に酔ったわけではない。この状況に酔ったのだろう」

「状況?」

意味がわからなくて首を傾げると、ダリオが顔を背けた。

「その、さっき憂鬱だと暗い顔をしていたのは、どうしてだ。国から届いた手紙には、身内の不幸でも書かれていたのか」

「あー……その……身内の不幸ではありません」

あの場では、とりあえず誤魔化そうとして「身内のこと」などと言ってしまった。もともと嘘は下手なのだから、余計なことを言わなければよかった。

「せっかくいい気分になっていたのに……」

「聞いてはいけなかったか。申し訳ないことをした。君があまりにも元気がなかったので、いったいなにがあったのか知りたいと思ったんだ」

「あいつのことは思い出したくありません」

「あいつ？」

「あいつですよ、あいつ。黒髪の……私の友人です――」

酔いのせいだろう。うまい言い逃れを考えるのが面倒くさくなってきた。

「では、アリンガム王国のものか」

「はい、私とおなじ騎士でした」

なんだそうか、と頷きかけ、ダリオが「ん？」と眉間に皺を寄せる。

「騎士でした、と言ったな。過去形なのか」

さすがダリオだ。言葉尻を正確に捉えてくる。いつのまにかダリオに尋問態勢に入られてしまい、腹をくくった。ただし、詳細は言わない。

「半年前から、行方がわかっていないのです。出奔《しゅっぽん》して、それきりで」

「騎士が出奔？　なにかあったのか」

「どうも悪い仲間に唆《そそのか》され、取りこまれてしまったようで……。国への忠誠心をなくしてしまったらしく、姿を消しました」

姿を消した詳しい経緯は話せない。だがダリオはそれ以上、追及してこなかった。ただじっとレイモンドを見つめ、「裏切りにあったのか」と確信めいた口調で聞いただけだ。

「そうですね……信頼を裏切られました」

衝撃的な出来事に頭の中が真っ白になりながらも、長年の鍛錬で染みついた剣技はレイモンドを助けた。

ともに戦った護衛たちの中には負傷者もいたが、レイモンドはかすり傷ひとつ負わなかった。けれど心に見えない傷がついた。

「私は彼の一番の友人だと思っていました。それなのに、なにも気付かなかった。知らなかった。あんな奴らの仲間に入っていたなんて、思いも寄らなかった……」

「予兆はなかったのか」

「……あったのかもしれません。しかし私は気付かなかった。騎士として誓いを立てていた男が、その騎士道に反する行為に加担するとは思ってもいなかったからです」

「騎士か……。その男が黒髪だった、と?」

「黒髪です。瞳はよくある褐色で、私よりすこし背が高く、同い年でした」

騎士として認められるまで、何年も厳しい鍛錬に励んできた。辛いときは励まし合い、支え合ったものだ。いつまでも変わらぬ友情を育んだ――つもりだった。けれどスタンリーは違っていたのだ。

「彼がなんの理由もなく悪い仲間に感化されたとは考えられないのです。絶対になにか深い事情があったはず。どうしてそれを相談してくれなかったのか、私がそんなに頼りなく見えたのか、話しにくい雰囲気を私がそうと知らずに作り上げてしまっていたのか……きっとそのすべてだと思います。後悔ばかりです」

「なんらかの事情があったとしても、騎士なら騎士としておのれを律するべきだ。親しい友人だったからといって、君が責任を感じることはない」

ダリオの静かな声が、レイモンドを慰めてくれる。

「なにがあったか知らないが、彼の人生は彼が決めること。ブラナーにはブラナーの人生があるように、もう彼とは道を違えたのだろう。憂いてばかりでは体に悪い。もう彼のことは忘れろ、とは言わないが、自分を責めるのはもうやめた方がいい」

「道を違えた……」

「そうだ。もうその男は騎士ではないのだろう？　君とは、ともに進めない。行く道が変わったのだ」

行く道が変わった――。

謀反人のことなど忘れろ、とレイモンドは家族にも上司にも部下にも言われた。けれどダリオは、忘れろとは言わない、と言ってくれた。ただ、自分を責めるのはやめろ、と。似たようなことを言った人はいたはずだ。それなのになぜ、ダリオの言葉はここまで胸に響くのだろうか。

　レイモンドは自然と潤んでくる瞳で、じっとダリオを見つめた。

「……あなたが近衛騎士団長である理由がわかります……。優しくて思いやりがあり、強くて頼もしい。確固たる正義感があなたの中にはある。あなたに任せておけば、すべてが解決しそうだと思わせるものがあります」

「それは、褒めすぎだ」

「いいえ、いくら褒めても、褒めすぎることなどありません。私はパース団長を尊敬しています」

　力強く拳を握って訴えたが、ダリオは「尊敬……」と呟いて不服そうだ。おそらく尊敬の念を抱かれることなど日常茶飯すぎて嬉しくないのだろう。ではなんと言えば、喜んでもらえるのか。

「えーと、えーと……尊敬よりも響く言葉って……」

「ブラナー？　醒めたように見えるが、まだ酔っているのか？」

「そうだ」

　レイモンドは両手を打ち鳴らし、左右に広げた。

「大好きです」

　ブッ、とダリオが吹いた。ついで、ゴホゴホと咳きこむ。慌てて立ち上がり、レイモンドはダリオの背中を撫でた。

「大丈夫ですか？」

「だ、だいじょ、ぶ、だから、触らないで、くれ……」

「え？　なんです？」

よく聞こえなくて顔を下から覗きこむようにしたら、ダリオは大きな手で自分の顔を覆ってしまった。両耳が赤くなっている。それほど苦しいのだろうか。

「だれか人を呼んできましょうか？」

「いや、いい。もう治る……」

言葉通り、ダリオは深呼吸を何度か繰り返してから、倒していた上体を起こした。テーブルに置いてあったグラスを取り、果実酒を一気飲みする。瓶を持つと、レイモンドのグラスに酒を注いでくれた。

「もうどうでもよくなってきた。いくら酔っても私が介抱してやるから、好きなだけ飲め」

「ありがとうございます」

ありがたくいただくことにして、レイモンドはグラスを傾ける。この果実酒は、ほんのり甘くて爽やかで、酔うとダリオに優しく包みこまれているような気持ちにさせてくれる。

そんな感想を述べると、またダリオは耳を赤くした。その色が、いま飲んでいる果実酒よりも鮮やかで、美しい。もっと赤くならないかなと、レイモンドはさっき口にした「好き」という言葉をもう一度舌に乗せてみた。

予想通り、ダリオは耳をさらに赤くする。首まで朱色に染まっていった。面白い。もっと近くで凝視したくて、ソファを動かした。膝と膝が触れ合うほどの距離に座り、ダリオを飽くことなく見つめ続ける。

「そんな見つめられると、穴が開きそうだ」

ダリオが顔を赤くしたままで苦笑する。この精悍な顔に穴が開いたら大変なので見つめるのはほどほどにしなければならないのだろうが、理性は果実酒でぐずぐずにされていた。

「そうだ、今度私の馬を見せてやろうか」

「パース団長の愛馬ですか。近くで見たいです」

ダリオの愛馬は名馬として有名だ。完璧に訓練された軍用馬で、体格のいいダリオが重い甲冑を纏《まと》っていても平気で乗せることができる頑健さを備えている。一年前の結婚式のときと、今回の出迎えのときに見たが、どちらのときも馬に注意を払う余裕がなかった。ぜひ近くでじっくり見たい。

さらにご機嫌になったレイモンドは、いつのまにか「ダリオ」と呼びかけていた。ダリオも「レイモンド」と呼んでくる。

いったいどういうやり取りがあってそうなったのか不明だが、それはそれで親密になれた証だと思い、レイモンドは深く考えなかった。

そのまま泥酔し、翌朝、二日酔いとともにおのれの醜態に震えたのは、言うまでもない。

◇◇◇

カンカン、と金属がぶつかる音が王の庭に響き渡る。

ラングフォード王国の王、ナサニエルとダリオは陽光の下で剣の手合わせをしていた。

その様子をすこし離れた場所から眺めていたジーンが、「そろそろ休憩してはどうですか」と声をかけてきたのを潮《しお》に、二人は剣を下ろした。控えていた侍従がサッと走り寄ってきて、二人の体から防具を取り去る。手渡された手拭いで、額から流れる汗を拭いた。

「ネイト、腕が鈍ったな。素振りだけでいいから、毎日した方がいい」

「そんなことはわかっている。なかなか時間が取れないのだ。これでも三日に一度は剣を手にしている」

ムッとした表情で睨んでくるナサニエルは、ダリオが命を懸けて守るべき主君だが、同時に幼馴染みであり、学友でもある。彼を「ネイト」と愛称で呼べるのは、父親である前王のディミトリアスと伴侶のジーン以外には、ダリオだけだった。

ジーンがお茶の用意をして待っている東屋へ行き、テーブルを囲んだ。ジーンは手ずからお茶を淹《い》れてくれ、「どうぞ」とダリオの前に茶器を置いた。その手は白磁の茶器とおなじくらいに美しくたおやかで、爪までも磨かれて光っている。

「久しぶりに菓子を焼きました。庶民的すぎて王城には似つかわしくないかもしれませんけど、食べてみてください」

恥ずかしそうに焼き菓子の皿をすすめてくる。小麦粉と木の実を混ぜて焼いた、城下町の市場に行けば子供の小遣いで買える菓子として一般的なものだ。ナサニエルは即座にひとつ摘《つ》まみ、口に入れた。ダリオもそれに倣《なら》って食べてみる。さくさくとした歯ごたえがいい。素朴な味がした。

「美味《うま》い。ジーンはなにをさせても上手だな」

笑顔で伴侶を持ち上げるナサニエルを、ダリオは微笑ましく眺めた。

背中まで伸びたジーンの銀髪が、日の光を反射してキラキラと輝く。二年前、地方の街で隠れるようにして暮らしていたジーンとジョシュアを迎えに行ったのはダリオだった。あのころのジーンは生活に疲れて窶《やつ》れはて、銀髪は輝きを失って白髪に見えていた。

ジーンは、いまナサニエルに身も心も愛されて、より美しくなっている。国民からの人気は高い。暗殺者からジョシュアを守り抜き、庶民の出身でありながらその気高い精神と美しさでナサニエルの寵愛を受けたのだ。男性であることは、国民にとってあまり問題ではなかったらしい。

もともとラングフォード王国は同性同士の恋愛を禁忌《きんき》としてはいない。花街へ行けば娼館と並んで男娼館もある。ダリオは一度も足を踏み入れたことはないが、娼妓と同様に全身を磨き立てた美しい男たちがいるらしい。

（娼館と言えば……）

嫌なことを思い出してしまった。つい先日、他の騎士がレイモンドを花街に誘った場面を目撃してしまったのだ。

花街で遊びたいと思うのは自由だ。仕事が休みであれば、気心が知れた仲間と連れだって行くのは構わない。ダリオとて一度も足を向けたことがないとは言わない。三十二歳未婚の健康な男だ。

けれどなぜか、レイモンドには花街などには行って欲しくないと思ってしまった。いままで部下や周囲の者たちが花街へ行くのを止めようとしたことはない。それなのに、どうして、レイモンドだけは行って欲しくないのか。

ダリオはとっさに王城内にある自室に誘ってしまった。執務室の奥の部屋で寝起きしていることは、近衛騎士団の者ならみんな知っているが、中に入れたのはハワードだけだった。だれでも出入り自由にしていたら、それこそ公私の区別がつかなくなって生活が破綻《はたん》すると考え、ダリオなりに線を引いていた。

それなのに、あの日、レイモンドを招いてしまった。彼なら、自分の私的空間に入れてもいい、と思えたのだ。

（あの夜は楽しかったな……）

二人きりでだらだらと夜通し飲んだ時間は、ダリオにとってここ数年でもっとも楽しいものだった。酔っ払ったレイモンドがどんどん砕けた口調になっていき、最後には「ダリオ」と呼び出したときには笑った。たぶんダリオも酔っていた。あまりにも気分がよくて、ダリオも「レイモンド」と呼んだ。

半年前から行方がわからなくなっているという、黒髪の友人の話はすこし気になった。彼には、そんなに親密な関係の騎士がいたのだ。心優しいレイモンドは、道を踏み外した友人のことを心配していた。こんなことになる前に救えていたかもしれないと、後悔が止まないようだった。

それほど信頼していたのか。もしかして友情だけではなく、もっと特別な感情で結ばれていたのではないか——と勘ぐりそうになってしまった。

その男が特別な存在でなかったとしても、レイモンドは二十七歳の健康な男だ。王女の護衛の騎士を十年も任されていることから、それ相応の家柄だろう。現在は未婚らしいが、国に恋人や婚約者がいるかもしれない。

そこまで考えて、ダリオはつい杯を重ねた。もともと体質的に強い上に、酒としては弱い果実酒だったのでそうとうの量を飲んでもたいして酔わないはずなのに、ダリオは酔った。

そして愛馬・ガイアを見せる約束をしたのだ。

厩舎《きゅうしゃ》は宿舎の裏にある。自慢の愛馬を見せることは構わないが、どうやら――うろ覚えなのだ――レイモンドを乗せることも許可したようだ。

いままでガイアに、日々の世話を任せている厩番《うまやばん》以外の者を乗せたことなどない。賢くて丈夫な体躯《たいく》をしたダイアを羨み、一度でいいから乗せてくれと頼みこんできた貴族は何人もいたが、愛馬は見世物《みせもの》ではない。軍用馬であり、大切な相棒なのだ。気安く他人を乗せることなどできないと、断ってきた。

それなのに――レイモンドに許してしまった。ダリオとしては、彼にはガイアに乗る資格があると思うのだ。レイモンドは清廉潔白《せいれんけっぱく》だし、立ち居振る舞いには品がある。騎士としての志も立派だ。ガイアに跨がった姿は、さぞかし美しいだろう。

「ところで、ダリオ」

ジーンといちゃついていたナサニエルが、不意に振り返った。

「マーガレット王女や、その臣下たちの様子はどうだ？　ジョシュアはその気になっているぞ」

「ああ、アリンガム王国側は覚悟を決めつつあるみたいだ。彼らにとっては願ってもいない縁談だからな」

「一年前のことは、もういいのか？」

「なんとか」

そうか、とナサニエルが微笑んで頷く。たった一人の弟の幸せを、この若き王はだれよりも願っている。育ての親であるジーンのためでもあるし、もちろん国のためでもある。

「政略的な結婚がすべて不幸な結末で終わるわけではないが、私としては国の事情を優先するのではなく、できるだけ本人たちの意志を尊重したい。マーガレット王女がジョシュアに輿入《こしい》れしてくれるというならば、これほど嬉しいことはない」

「そうですね」

隣でジーンも頷く。肩からさらりとこぼれる銀色の髪を、ナサニエルのすこし無骨な手がかき上げた。

「しかし、ジョシュアの年上好きには参ったな。ジーンのせいだろうが……」

「えっ、私ですか？」

驚いたジーンに、ダリオの方が驚いた。気付いていなかったのか。

「ジーン殿の影響以外、なにがあると言うのです」

「なにって……」

本当にそこまで考えていなかったようで、ジーンは戸惑っている様子だ。

「ネイト、口うるさい古狸《ふるだぬき》たちはどうなんだ？　まだマーガレット王女の経歴がどうのこうのと難癖《なんくせ》をつけているのか？」

「古狸とは反対派の大臣や貴族たちのことか？」

「ほかにだれがいる」

「彼らのうち何人かは賛成派に回った。父上がジョシュアの味方をしてくれたのでね。本人たちが望んでいるなら、結婚が二度目だろうが七つ年上だろうが関係ないと、はっきり言ってくれたのはありがたかった」

「それはよかった。反対派の声がちいさくなっていけば、何事もやりやすくなる」

「お義父上には、本当に感謝しています。ジョシュアのことだけでなく、私たちのことも祝福してくださって……」

　ジーンが光り輝くような笑顔でナサニエルを見つめる。そんなジーンが愛しくてたまらない、といった締まりのない表情で見つめ返すナサニエル。こんな顔、とても国民には見せられない。

　出会ってから二年、挙式してから一年にもなるのに、この二人は相変わらず蜜月だ。こうしてそばにいると、独り身のダリオはあてられるばかり。

　ふと、レイモンドの顔が思い浮かんだ。

　会いたい、と思う。また自室に招待して夜通し飲み、酔っ払ってとりとめもない話をしたい。酔った冗談で彼が「大好き」と言い出したときは驚いたが、また言ってくれないだろうか。たいした意味がないのはわかっている。尊敬の思いを言い換えただけだ。

こんな気持ちになったのははじめてで、ダリオは困惑している。暇さえあればレイモンドのことを考えてしまい、彼のためになにができるか、彼を笑顔にするにはどうしたらいいか、彼が望むものはなにか、常に答えを求めている。

「ダリオ、どうした？　いつになくぼうっとしているな」

ナサニエルに肩を叩かれて、ダリオはハッと顔を上げた。いつのまにか思考にふけっていたらしい。

「なにか悩み事でもあるのか？」

「いや……」

「触りだけでいいから話してみろ。力になれるかもしれない」

親身な口調でしつこく「話せ」と繰り返す。いつもと様子が違うダリオを、絶対に面白がっているのだ。けれどジーンはそんなナサニエルを制することなく、興味深そうにダリオを見てくる。

仕方なく、口を開いた。

「……悩み事というか、なんというか――ある人のことをばかり考えてしまうのだ。いまごろどうしているだろうか、とか……おかげで注意力散漫になっている。まだ仕事に支障は出ていないが、時間の問題かもしれない」

「その人物は身近にいるのか」

「身近といえば身近、かな」

「いまごろどうしているか、だけでなく、だれとどこでなにをしているか、が気になるのではないか？　さらにきちんと食事を取っているだろうか、眠れているだろうか、なにか困ったことはないだろうか、など、とりとめもなく考えてしまうのか」

「よくわかるな」

色々と言いたくない部分を伏せたにも関わらず、ナサニエルはダリオの心境を言い当ててくる。若い王は、その地位に相応しくないゲスい笑みを浮かべた。

「朴念仁のダリオにも、とうとう春が来たのか。めでたいな！」

「なにを言っている？」

本気で意味がわからなくてダリオは顔をしかめた。それに構わず、ナサニエルはジーンと笑い合っている。

「すごいな、堅物《かたぶつ》で有名な近衛騎士団長を恋の虜《とりこ》にしたのは、いったいだれだ？　褒美《ほうび》を与えなければならない」

「お祝い事が近いかもしれませんね」

ジーンが楽しそうに緑色の瞳をキラキラさせる。

「おいダリオ、新居はどこに構えるつもりだ？　パース家の別邸では手狭だろう。おまえの家系はことごとく住居に金をかけない朴念仁ばかりだったのだな。装飾のいっさいない簡素過ぎるあの屋敷はどうかと思うぞ。嫁を迎えるのだから、この機会に改築するか、別の場所に新築したらどうだ？」

「ネイト、だからなにを言っている」

「とぼけなくていい。好きな女ができたのだろう。その女のことで頭がいっぱいで、仕事も手に付かないことがあると、いま言ったではないか。身近にいるということは、王城に勤めているのか？　どこぞの大臣の娘……ではないな。めったに王城には上がらない。では女官か？　女官の中には地方の下級貴族出身のものが多いが、身分の差は気にするな。そもそも王である私がジーンと結婚しているくらいだ。おまえが気に入った女なら、私がいくらでも後見についてやる。絶対に結婚させてやるから」

　励ましているつもりなのか、肩をバシバシと叩かれて、ダリオは呆然とした。

「好きな女？　嫁？」

「なんだ、自覚がなかったのか？　おまえが列挙した現在の心理状態は、そのまま恋煩《こいわずら》いだぞ。頭から離れないその女に、ダリオは恋をしている」

「そんな、まさか……」

「往生際が悪いな。認めろ。恋というのは、突然どこからか降ってくるものだ。もしくは、突然落ちるものだ。予期せぬことがあるからこそ、人生は楽しい。良かったな、ダリオ。幸せになれ。盛大に祝ってやるぞ」

すっかりナサニエルはダリオが結婚するものだと思いこんでいる。ジーンもニコニコと嬉しそうに笑っていた。

「いやいや、それはない……」

どっと全身から汗が噴き出した。ダリオの頭をいっぱいにしているのは女ではないのだ。レイモンドというアリンガム王国の騎士だ。ダリオはいままで同性に劣情を抱いたことはない。もちろん、そういう関係の存在を否定はしない。ナサニエルとジーンのことは、心から祝福をした。しかし自分に置き換えて考えたことがなかった。

（レイモンドと、自分が……？）

たしかに彼は美しい。そして凛《りん》とした強さがあり、素晴らしい騎士だと思う。一年前にはじめて会ったときから、レイモンドのことは気になっていた。部下がアリンガム王国一行を怒らせて、恨まれる対象になってしまったことはショックだった。二度と会えないかもしれないと思うだけで、食事が喉を通らない日もあった。いついかなるときでも出された食事は残さないのが自慢だったのに。

二人きりで飲んだときは楽しかった。またあんな夜を過ごしたいと思っている。そして彼には花街に行って欲しくない。彼に剣技を教えるのは、いつも自分だけであればいいとも思っている。

（いやでも、そんなはずはない。絶対に違う。恋煩いだと？　レイモンドに、私が？　まさか！）

さまざまな感情が一気に頭の中になだれこみ、ぐるぐると渦を巻いているようだ。くらくらしてテーブルに手をついた。

「おい、大丈夫か？　顔が真っ赤だぞ」

心配そうな声音のナサニエルだが、やはり目が笑っている。苛ついた。

「ダリオ、さっそく紹介してくれ。どんな女がおまえを射止めたのか知りたい。結婚祝いはなにがいい？」

「いや、ちがう。そうじゃない。私と彼は、そんな関係ではなくて――」

「彼？　いま彼と言ったか？」

ナサニエルの碧眼がキラリと光った。

「男なのか、ダリオ」

「いやだから、まだそういう関係ではないと言っている」

「まだと言うからには、これからそうなる予定なのだろう？　いや、驚いた。おまえがまさかコチラ側に来るとは」

「コチラ側とか言うな」

「いままでそういった相手はいなかったはずだ。もしかして男ははじめてか？　閨《ねや》でのコツを教えてやろうか」

「やめてください、ネイト。私とのあれこれを人に話すつもりですか」

ジーンが横から気色ばんだ声で割り込んできた。

「あ、いや、そういうことではなくて、一般的な……。おい、怒るな。悪かった。私が悪かったから」

「知りません」

機嫌を損ねたジーンがプイッと東屋を出て行ってしまい、ナサニエルが慌てて立ち上がった。ダリオを放ってジーンを追いかけていくナサニエルの背中を見送り、ダリオはため息をついた。

（助かった……）

ジーンのおかげで追及を免れたようなものだ。もしかしたら、聡明なジーンはわざとダリオを助けてくれたのかもしれない。あとで有名店の菓子でも贈ろうと決め、王の居室をあとにした。

◇◇◇

ブルルルルッと馬が鼻を鳴らし、その褐色の瞳でレイモンドをじっと見つめてきた。

手綱を引いたダリオが、艶《つや》のある黒い体を優しく撫で、愛馬ガイアにレイモンドを紹介してくれた。

「ガイア、私の友人レイモンドだ。おまえに会いたいと言ってくれたので連れてきた」

「よろしく、ガイア」

微笑みかけると、ガイアが頭を差し出してくる。ダリオに目で確認してから、そっと撫でた。逞しい牡馬《ぼば》でありながら、甘えてくる仕草は可愛い。

「よく手入れされていますね。とても健康そうです」

「厩番が優秀だからな」

ダリオに褒められて、そばで控えていた厩番の男が「ありがとうございます」と笑顔になった。

そのあとは、ダリオがガイアに乗る姿を見学させてもらいながら、厩番に世話のコツなどを聞いた。

(格好いい……)

甲冑は身につけていないうえに私服ではあるが、恰幅《かっぷく》のいいダリオが颯爽《さっそう》と馬に跨がり、馬場を走らせている光景は見とれるほど素晴らしかった。

「パース団長ほど馬の扱いが優れている方はおりませんよ」

厩番が我がことのように自慢するのに、レイモンドは頷いた。近衛騎士団長の大切な馬を任されていることが厩番にとっては誇りなのだろう。自分の息子ほどの年齢のダリオを、

眩しげに眺めている。

「ブラナーさんはアリンガム王国のお姫様の騎士さんだとお聞きしましたが」

「そうだ」

「パース団長にずいぶんと気に入られたようですね。ガイアの馬房まで他国の騎士さんをお連れしたのははじめてですよ」

にこにこと人の好さそうな笑みを浮かべながら厩番にそう言われた。単純に嬉しい。

「お願いすれば、乗せてもらえるかもしれません」

「いや、遠慮しておく。ガイアをうまく乗りこなせる自信がない」

「きっと大丈夫です。さっきガイアがおとなしく頭を触らせていたでしょう。ブラナーさんを気に入ったんですよ。主と一緒できれいなひとが好きだから」

あははは、と軽口を叩いて笑う厩番に、つい胡乱《うろん》な目を向けてしまう。容姿について色々と言われることには慣れているが、そのすべてを聞き流せているわけではない。厩番ごときに舐めた態度を取られるのは、おもしろくなかった。

レイモンドの目つきにすぐ気づき、厩番は「申し訳ありません」と小声で謝った。

「でもあの、今日、ここに美人を連れてくるとパース団長が言われたんです。だから自分も楽しみにしていて、いったいどんな美人を連れてくるのかと――」

「ダリオが私のことをそう言ったのか」

「言いました――って、パース団長のこと、ブラナーさんは姓ではなく名で呼ぶんですか。そういえば、パース団長もブラナーさんのことをレイモンドと名でお呼びに……」

まじまじと無遠慮に見つめられ、一気に居心地が悪くなった。ここでダリオとどう親交を深めて名で呼び合うようになったか、説明する気にはなれない。レイモンドが厩番と物理的な距離を置くべきか考えはじめたとき、レイモンドとガイアが戻ってきた。

「レイモンドも乗ってみるか？」

ダリオの方から申し出てきて驚いた。厩番が「ほらね」とでも言いたげな顔をしているのが視界に入ったが、レイモンドはあえて見ないようにした。

「このあいだ飲んだときに、そういう約束をした。酔っていて覚えていないか？」

「……」

覚えていない。もう二度とダリオの前であんな深酒はしないと、あらためてレイモンドは誓った。

「遠慮しておきます。まだダリオの部下に殺されたくはありません」

肩を竦めて辞退すると、彼は快活に笑った。ひらりと馬を下りてくる。体格の良さに見合わない身の軽さに、また感心してしまう。

「私の部下たちは、君がガイアに乗ったからといって怒りはしないだろう」

「でも部下たちをガイアに乗せたことはないのでしょう？」

「ないな。気安く触れさせもしない。いままでガイアに乗ることを許可したのは、厩番とハワードだけだ」

やはりそうだ。それが騎士の矜持《きょうじ》というものだ。

「そもそもガイアは賢い分、気難しい。私が全幅の信頼を置いている人物以外は受け付けないだろう。無理やり乗ったら振り落とされて大ケガするのがオチだ」

賢そうな目をしていたから、ガイアならそれくらいのことは容易にやってのけてダリオだけでなく自分の矜持も守るにちがいない。

「だったら、気安く私などに『乗ってみるか』などと言ってはいけません。私にケガをさせるつもりでしたか？」

「まさか」

ダリオは苦笑いして後を厩番に任せ、レイモンドを馬場の外へと促す。

「君になら、ガイアを乗りこなせると思っただけだ」

それはつまり、ダリオが自分を信用しているからという意味だろうか。

ちらりとダリオの横顔を盗み見たら、目尻をほんのり赤くしている。照れているように見えて、なんだかレイモンドももじもじした。

「さて、このあとはなにをしようか。いまから部屋に籠もって飲むのもいいが……」

ダリオが明るい空を見上げる。まだ日は高い。今日は二人とも休日だ。この時間から酒を飲んでいてもだれも咎めはしないが、もっと時間を有効に使いたい。

「剣の手合わせをまたお願いしていいですか」

レイモンドの提案に、ダリオが一瞬表情を曇らせた。二つ返事で引き受けてくれるとばかり思っていたレイモンドは、意外な反応にすこし驚く。

「なにか不都合でもありますか？」

「いや、なにもない。わかった、剣技の鍛錬をしよう。酒は、軽く汗を流してからの方が美味いからな」

ダリオはすぐに笑顔になり、頷いてくれた。さっき一瞬見せた表情は気のせいかと思ってしまうくらい、レイモンドが見慣れたいつもの笑顔になっている。

二人は宿舎の中庭へ移動し、鍛錬用の剣を手に、空いた場所で対峙した。目で合図しただけで言葉もなく剣を打ち合う。周囲にカンカンと金属音が響いた。もう何度かこうして打ち合いをしているので、おたがいに剣の癖はわかっている。

押したり引いたりしながらしばらく剣を振るっていたレイモンドだが、やがてダリオの剣先に迷いが表れていることに気付いた。思い切りのよさがダリオの剣の特徴なのに、その良さが半減している。

端から見ているだけでは気付けないていどの異変だろうが、レイモンドにはわかった。

（なにか考えごとでもしているのか？　私との打ち合いにそれほど興味がない？）

そんなダリオではないと知ってはいるが、らしくない動きが気になる。レイモンドが思い切って顔面を狙ってみると、軽く躱された。そこはいつものダリオだ。

しかし連続して打ち込むと押されて下がっていく。レイモンドが大振りをして隙を作ってみても、それを指摘してくるわけでも狙ってくるわけでもなく、ほんのわずかに間合いを詰めるだけだ。

(どうした？　全然、気持ちが入っていない。気迫が感じられない)

こんないい加減な剣では、いくら打ち合っても微塵《みじん》もためにならない。ただ無駄に体力を消耗《しょうもう》するばかりで、意味をなさない。わざわざ休日にやることではない。

ふと、レイモンドは思い出した。

かつて、こんな打ち合いをした経験があることを――。

もうずいぶんと前の記憶だ。忘れていた。十年以上前――女扱いされていた屈辱を。

(……まさか、ダリオが……？)

あのときとおなじことが繰り返されているのかも、と思い当たったレイモンドは、一気に心が冷えていくのを感じた。気のせいだ、考えすぎだと思いたかったが、気持ちが完全に切れてしまい、ふっと剣を下ろす。

いままでのダリオならば、ここで「気を抜くな」と叱ってレイモンドを地面に引き倒すくらいのことはしたかもしれない。

けれど彼は、ほぼ同時に剣を下げて、レイモンドを不思議そうに見つめるだけだった。

「レイモンド、どうした？」

「今日は、これくらいにしましょうか」

「そうか？」

物足りなかったが、これ以上やっても無駄だと感じていた。ダリオはとくに異論がないようで、「わかった」と頷いた。

「剣をこっちに」

ダリオがレイモンドの手から剣を取り、片付けてくれる。木陰に置かれた椅子までさり気なく腰に手をあてて誘導された。まるで病人をいたわるように。

「あの、私は体調が悪いわけではありません」

ダリオは不思議そうな表情になり、「わかっているが？」と首を傾げる。意識的にやっているわけではないらしい。腰にあてられた手を意識しながら、木陰の椅子に座る。

（もしかして、いまのは、女性をエスコートする動作か？）

違和感の正体に気付き、レイモンドは動揺せざるを得ない。まさかダリオが、と打ち消したくとも、どう考えてもいまの動きは女性への気遣いに酷似していた。

ダリオの横顔をちらりと見遣る。他の騎士たちが鍛錬している様子を眺めているダリオは、近衛騎士団長の顔になっていた。日に焼けた浅黒い肌と、がっしりした顎の線が野性的だ。首は太く、丈夫そうだ。

それに比べて――と、レイモンドは我が身を嘆く。ダリオのように生まれたかった。無い物ねだりをしても仕方がないと十代の頃に諦めて、自分なりに長所を伸ばそうとしてきたつもりだ。

(ダリオからしたら、私などか弱い部類に入るのだろうな……)

それでもいままでは普通に打ち合ってくれていたように思う。いきなりダリオの剣に変化があったように感じた。

(女扱いは、嫌だ)

ダリオが手加減できないくらい腕を磨こう、とレイモンドは決意した。

その日、誘われてダリオの私室に行ったレイモンドだが、泥酔しないように自分で加減をした。酔っ払ったレイモンドが面白かったといってダリオが飲ませようとしたので、逆に飲ませてやった。強いダリオはなかなか酔わなかったが、明け方頃にはなんとか寝落ちしてくれた。レイモンドはダリオを寝台まで運ぼうと努力した。しかし重すぎて持ち上がらず、長椅子に寝かせ、空き瓶を片付けて宿舎に帰った。

共同浴場で一日分の汗と酒を流し、着替えてから鍛錬場に出た。眠っていなかったが、頭は冴えていた。

(とりあえず、朝晩の素振りを徹底しよう)

明け方の鍛錬場には、さすがにだれもいない。レイモンドは自分の剣を持ち出し、無人の鍛錬場でひたすら素振りをした。


暇さえあれば剣の打ち合いの相手を探し、レイモンドは真摯に剣技を磨いた。さすがラングフォード王国の近衛騎士団だ。腕の立つ騎士がたくさんいて、やり甲斐があった。ハワードにも相手をしてもらい、レイモンドは自分でも剣筋が磨かれたと自信がついた。

多忙なダリオがまた鍛錬場へと誘ってくれたのは、数日後。

きっとダリオは、ここ数日のレイモンドの努力に気付いてくれる。強くなったと褒めてくれるにちがいない。

期待いっぱいに、レイモンドはダリオと対峙した。

しかし、思ったような成果は得られなかった。

このあいだとおなじように手加減され、ダリオはレイモンドの変化に反応しない。無意味な打ち合いに、どんどん気持ちが萎《な》えていく。やがてレイモンドは剣を下ろした。

まったく息を乱していないダリオを、悲しく見つめ返す。ひとつ息をつき、レイモンドはその場を離れた。見物していたほかの騎士に剣を任せ、宿舎に向かって歩き出す。

「レイモンド、いきなりどうした？」

追いかけてきたダリオがレイモンドの肩を引いたが、それを無言で振り払う。

「レイモンド？」

「やる気がなくなったので終わりにしました。今日はどうもありがとうございました」

いったん足を止め、われながら棒読みだとわかる口調で言い捨て、ふたたび歩き出す。

このあと、ダリオの私室に誘われていたが、とうてい行く気にはなれなかった。

「どこへ行くんだ？　私の部屋は――」

「自分の部屋に帰ります」

「えっ、私の部屋には来てくれないのか？　領地から果実酒がたくさん届いたぞ」

宿舎の階段に足をかけ、レイモンドは振り返る。ダリオは、本当に意味がわかっていないようにしか見えない。

「ダリオ、もしかして、私のことを女扱いしていませんか」

ハッと息を飲んでダリオが顔色を変えた。やはり自覚があったのだ。

「まさか、あなたにこんな仕打ちを受けるとは、思ってもいませんでした」

「レイモンド……」

悲しみと憤りがレイモンドの胸の中を荒れ狂った。悔しさもこみ上げてきて、目頭が熱くなってくる。涙が滲みそうになり、それをこらえるために深呼吸した。

「ダリオ、私は、こんな顔をしていますが、男です」

「それは、知っている」

「この容姿のせいで、いままで嫌なことはいくつもありました。十六歳で騎士見習いになり、騎士として認められるために心身ともに鍛錬していたころ、私はともに学ぶ騎士見習いたちから屈辱的な扱いを受けていました。女扱いされ、まともに剣を打ち合ってもらえなかったのです。スタンリーが私を同等に扱う友となってくれるまで、私は孤独でした。騎士として身を立てようとしている若者に対して、女扱いは屈辱以外のなにものでもない。まさか、いまさら……あなたにこんな扱いを受けるとは、想像もしていませんでした」

「いや、私はそんなつもりは……」

「では、さっきの剣先の迷いはなんですか。あれは、明らかに私に対して手加減しようとしていました。このあいだもそうです。以前、剣の相手をしてくれたときはそんなことはなかったのに、どうしていまさら――」

親しくなったからこそ女扱いしようとしたのなら、レイモンドの中にそうさせてしまうなにかがあったのかもしれない。気付いていないだけで、そんななにかが。

わからない。自分のなにがダリオにそんな気を起こさせたのか。

この顔のせいなのか。厩番に「美人」と伝えたのは、絶対に顔のせいだ。

せめて体格が逞しければよかった。ダリオのように筋骨隆々《きんこつりゅうりゅう》としていれば、欠片《かけら》も手加減しようなどと思わせなかったかもしれないが――姿形はいまさら変えられない。

黙りこんでしまったダリオの言葉を待ったが、その口はぐっと固く結ばれてなにも言ってはくれなかった。弁解して欲しかったのに、弁解できる言葉がないということか。

「……パース団長、私は手加減されて喜べるほど人間が円《まる》くできておりません」

名ではなく姓で呼んだレイモンドを、ダリオが途方に暮れたような表情で見つめてくる。それでも、なにも言ってくれない。

「失礼します」

レイモンドは自分から断ち切るようにして背中を向け、階段を駆け上がった。自分の部屋に勢いよく飛びこむと、寝台で休んでいた同室の騎士が驚いて飛び起きる。構わずに自分の寝台に突っ伏した。

「どうした？」

当然聞かれる。だがレイモンドは「なんでもない」と答えた。

胸の中で渦巻く荒々しい感情の持っていき場がない。ダリオを信用していたがゆえの憤りが、ともすれば口から言葉となって迸ってしまいそうだった。それを必死で押さえこむ。

苦しくて、閉じたまぶたの裏が涙で濡れた。

◇◇◇

「ブラナーはここにはおりません」

レイモンドの所在を尋ねたダリオに、アリンガム王国の女官はつんと澄ました顔で答えた。いないはずはない。ついさっき宿舎を訪ねていったら、同室の騎士がレイモンドはマーガレットの護衛の当番だと教えてくれたのだ。その足でマーガレットが滞在している部屋の控えの間にやってきた。

ここにいないとなると、仕事を放棄《ほうき》していることになってしまう。明らかな居留守に、ダリオは全身にじっとりと嫌な汗をかいた。

そんなダリオを、母親ほどの年齢の女官がじっと見上げてくる。

「パース団長、ブラナーとなにかありましたか」

「………いや、なにもない」

言葉で否定したが、ダリオの態度が「なにかあった」とすべてを物語っている。

わざわざ、王女の控えの間までレイモンドを訪ねてきたことなどなかったのに、それをしているのだ。そしてレイモンドは女官に「いないと言ってくれ」と頼んだ。なにかあったとしか思えないだろう。

ダリオはすごすごと引き下がった。

『女扱いは屈辱以外のなにものでもない。まさか、いまさら……あなたにこんな扱いを受けるとは、想像もしていませんでした』

レイモンドを怒らせたのは一昨日のことだ。

ダリオは彼を女扱いしたつもりも手加減をしたつもりもなかった。ただ、思い切りレイモンドに剣を打ち込むことができなかった。あの美しい顔にケガをさせたらどうしよう、痛い思いなどさせたくない、と思ってしまったのだ。転ばせることすら躊躇いが生じ、どうにも打ち合いに身が入らなかった。真剣に鍛錬したいと望んでいるレイモンドに申し訳ないと思ってはいたが、まさかあそこまで怒らせるとは――。

翌日の朝早く、謝罪するために宿舎を訪ねた。レイモンドは部屋にいたが、「起きたばかりだから」と扉を開けてもらえなかった。休憩時間に話をしたいので会って欲しいと願い出たところ、「今日は忙しいので無理」とけんもほろろの返事。

愕然としつつも、さらにその翌日――今日のことだ――レイモンドを訪ねた。そして居留守を使われたのだ。

がっくりと肩を落として執務室に行く。ハートリーと文官が書類を整理しながら待っていた。明らかに覇気《はき》のない顔をしていたのだろう、心配されてしまった。

「風邪でもひきましたか」

「いや、大丈夫だ」

とりあえず仕事だ。ダリオは気を取り直して椅子に座り、文官が差し出してくる書類に目を通した。

そうこうしているうちに昼の休憩時間になった。文官が昼食を運んできてくれるので、ハートリーと執務室で食べたり、隣の自室に持っていって一人で食べたりする。今日は一人になりたかったので、隣の部屋に運んだ。

小さなテーブルを窓際に置き、外の景色をぼんやりと眺めながらパンを囓る。初夏の空は青く澄み渡っていた。

（レイモンドの瞳よりも濃い色だな……。彼の瞳はもっと薄くて、透明で……まるで小川を流れる水のようで）

そんなことをとりとめもなく考えてしまう。あまり食欲はなかったが、食べなければいざというときに動けない。騎士の仕事のひとつに、しっかり食べて体力を蓄えておくことも含まれるのだ、とダリオはつねに団員たちに訓示を垂れていた。その手前、自分が食事を残してしまっては示しがつかない。

ため息をつきながらも、ダリオはなんとか食事を終えた。

（レイモンドと話をしたい……）

一昨日のことを謝罪し、言い訳をさせてもらいたい。けれど会ってくれないのなら、なにも言えないではないか。

彼が頑固なのはいまにはじまったことではない。けれど素直なところもあるから、わかってくれたら元のレイモンドに戻ってくれるだろう。とにかく会って話してもらうには、どうしたらいいのか。もう少し時間を置いた方がいいのか。

しかし、ジョシュアの誕生日を祝う会は刻々と近づいてきている。もしマーガレットが王太子妃になるとしても、祝う会が終わればアリンガム王国に帰ってしまう。そのあとは、外交筋で話し合いが進められ、今後のことは決定していくだろう。

レイモンドはマーガレットの護衛の騎士なのだから、ともに帰国してしまう。悠長なことを言っていられるほどの時間はないのだ。

ダリオは焦燥感に苛《さいな》まれ、自室の中をぐるぐると歩き回った。

そこに文官がやってきた。扉を細く開けて、昼食の食器を下げたいと言うので、渡した。

そのまま下がろうとする文官を呼び止める。ほっそりとした若い文官の顔をじっと見つめた。二十歳そこそこといった年頃だろうか。

「あ、そうだ」

「少し、君の意見を聞きたいんだが」

「はい、なんでしょう」

「腹を立てて、頑なに会ってくれない相手に対して、どうすればいいと思う?」

変な質問だが、真面目な文官は軍務上の比喩的な表現だと思ったのかもしれない。真顔で答えた。

「相手を怒らせてしまい、話し合いたくとも会ってくれない、ということですか」

「そうだ」

「時間とともに怒りがおさまる場合もあれば、逆に膨れ上がってしまう場合もあります。相手の性格にもよりますが、あまり放置するとよくない結果を生むでしょう。こちらが下手に出るつもりがあるのならば、まず人を介するか……無難に手紙を書くのはどうでしょうか」

「手紙？　そうか、手紙か」

目が覚めたように視界が明るくなった。ダリオは笑顔で文官に「ありがとう」と礼を言い、文机の引き出しから便箋《びんせん》と封筒を出す。休憩時間はまだある。書いてみよう。

テーブルにそれを広げ、レイモンドに宛てて手紙をしたためはじめた。

◇◇◇

差し出された白い封筒を、レイモンドは渋々ながら受け取った。宛先は「レイモンド・ブラナー」で、差出人は「ダリオ・パース」と書かれている。

「なにがあったか知らないが、一度くらい返事を書いた方がいいんじゃないのか？」

同室の騎士が苦笑いしながらレイモンドの横を通り過ぎ、自分のスペースで装備を解いていく。彼は濃紺の軍服を脱ぎ、普段着に替えると、宿舎の共同浴場へ行くために出て行った。

一人きりになってから、レイモンドは部屋の中央に置かれたランプの近くでもう一度、封筒をじっと見る。これで四通目だ。一日に一通か二通、人を介して届く。ダリオが直接持ってくるわけではないので、断れない。もうすっかりダリオの字を見慣れてしまった。

内容は開封しなくてもわかる。これ以前の三通とも、似たような文章だったからだ。きっちりと封蝋された部分を専用のナイフで開けた。のろのろと便箋を取り出し、ランプの横で便箋を広げる。

親愛なるレイモンド
君に許しを請うために、またペンを手にした。私の頭の中は、君のことでいっぱいだ。ああ、それは正確な表現ではないな。私の頭だけでなく胸の中もすべて、君のことでいっぱいになっている。なんとか仕事ができているのはハワードのおかげだろう。
レイモンドが私に腹を立てているのはわかっている。その怒りは大きく、なかなか私を許せないのもわかっている。けれど一度でいいから直接会って話をしたい。許さなくてもいい。ただ話を聞いて欲しいだけだ。
君の声が聞きたい。たとえ罵倒《ばとう》でもいいから、二人きりで会って、私に声を聞かせて欲しい。お願いだから私に弁解の機会を与えてくれ。このまま君と離ればなれになってしまうのは辛い。

この手紙を読んでくれているのかどうかさえ、私には確かめるすべはない。読んでくれているとしたら、この中の一文でも一文字でも、君の心を動かしたものがあっただろうか。まえの手紙にも書いたが、私は君を女扱いしたことはない。これだけは信じて欲しい。ただ君を大切に思うあまり、傷つけたくないと思ってしまっただけなのだ。それが君を不快にさせてしまったわけだ。本当に申し訳ないことをした。猛省している。

しかし二度としない、と約束はできない。なぜなら、やはり私にとって君は傷つけてはならない大切な存在だからだ。私はもう君に対して真剣に剣を振るうことは出来ないだろう。君の期待を裏切るかたちになってしまってすまない。だがこの件に関しては、私自身どうにもならないのだ。

君に会いたい。会って話がしたい。ほんのわずかな時間でもいい。会ってくれないか。このままだと、私は君に会いたいあまり頭がおかしくなってしまいそうだ。私の体を形成するすべてが、君を欲しているといっても過言《かごん》ではない。

君は私の太陽だ。いや、その美しさはもっと静謐《せいひつ》な魅力を秘めている。夜空にきっぱりと輝く月かもしれない。君は月の化身だ。その白い光でもって私を照らす。そして夜露《よつゆ》となって私を濡らすのだ――。

思っていた以上の内容に、レイモンドはカーッと頬を熱くした。

(ダリオはいったいなにを考えているんだ……!)

一通目の手紙は、謝罪の言葉で埋め尽くされていた。ダリオの誠実さがじゅうぶんに表れた手紙で、レイモンドは怒りがスウッと鎮まっていくのを感じた。しかしすぐに返事は書かなかった。時間がたつにつれて、レイモンドは「あれしきのことで激高してしまった」と後悔していたからだ。ばつが悪かったし、なにやらごちゃごちゃとしている胸の内を整理する時間がほしかった。

せめて翌日になってから返事を書こうと思っていたら、先にダリオから二通目が届いてしまった。内容は一通目とほぼ変わらない。許しを請う文章が繰り返されていた。

自分よりも立場が上の人間に、二度も謝罪させてしまったことになる。正直、困惑した。どう返事を書けばいいのか、直接会って話をした方がいいのか迷っているうちに、三通目が届いた。内容が若干変化していた。どうやら厩番から話を聞いたらしい。レイモンドに「美人」と言って機嫌を損ねたとかなんとか。

手紙はその件に触れ、レイモンドを「美人」と評したことを謝罪しつつも、本当にきれいなのだから怒るほどのことではないのでは、と書かれていた。そしてダリオは、一年前、はじめて会ったときに君に目を奪われた、部下の暴言で予定より早く帰国してしまって寂

しかった、今年ふたたび会えることになり、再会の日を心待ちにしていた、一年前のことをレイモンドは許してくれていなかったが誠意を見せれば和解できると望みを捨てていなかった——と、便箋何枚にも渡って事細かに心情が綴られていて唖然とした。

この手紙はもはや謝罪でも釈明でもない。ではなんなのか。

(そうだ、これは——)

恋文だ。そうとしか思えない。びっしりと書き込まれた便箋を前にして、レイモンドは動揺し、やがて顔を熱くした。勝手に頬が燃えるように熱を孕んできたのだ。

ダリオはどういうつもりでこの手紙を書いたのだろうか。

男から恋文をもらった経験なら何度かあった。しかし一度も色よい返事を書いたことはない。同性との恋愛を否定するつもりはないが、レイモンドはいままでそういう意味で同性に惹かれたことはなかった。それに——。

かつて、これほどまでに熱烈な内容の手紙をもらったことはなかった。

四通目は、三通目を上回る内容だ。

(どうすればいいんだろう、これ……)

レイモンドはため息をついて、自分の寝台に腰を下ろす。そろそろ護衛の時間なので支度をしなければならないのだが、立ち上がることが億劫《おっくう》だった。今夜は不寝番をしなければならないのに。

グズグズしているうちに浴場へ行っていた同室の騎士が戻ってきた。まだなんの支度もしていないレイモンドにびっくりしている。

「もう時間じゃないのか?」

「……わかっている」

レイモンドは重い腰を上げ、軍服を身につけた。腰に剣を佩《は》き、身だしなみに乱れはないか確認し、宿舎を出る。一歩でも部屋を出たら、アリンガム王国代表と思って歩かなくてはならない。他国にいるあいだは、それぞれが自国の看板を背負っているようなものだ。レイモンドは感情を押し殺し、凛と顎をあげて王城の中を歩いた。時刻は深夜に近くなっている。廊下には等間隔にランプが置かれているため明るいが、それでも昼間とは明るさが雲泥《うんでい》の差だ。しんと静まりかえった廊下を、規則的な靴音を響かせて歩いて行った。

廊下は途中から絨毯敷きに変わる。迎賓館《げいひんかん》の役割を担う区域に入ったからだ。分厚い絨毯が足音だけでなくすべての音を吸収するため、周囲はいっそう静寂に包まれた。

すでに時刻は深夜近い。妃候補の姫たちはとうに就寝しているはずで、レイモンドは気配を殺しながらマーガレットの部屋へ向かった。

その途中、太い円柱の陰に動くものを見つけた。長いスカートの端が柱からはみ出て、ゆらゆらと揺れている。どこかの女官か侍女だろうが、こんな時間にこんな場所でなにをしているのか――。

正体を確かめるため、レイモンドはそっと近づいた。太い柱の向こう側には厚いカーテンで覆われた窓があった。そのカーテンに向かってレイモンドに背中を向けているのは、明らかに女性のシルエットだ。誰何しようとした寸前、バッとこちらを振り向いた。

おたがいにギョッとして息を飲む。その女性は、リンダだった。リンダは今夜、当番ではないはず。女性用の宿舎で休んでいなければならない時間に、ここでいったいなにをしていたのか。

レイモンドが疑惑の目で凝視した先で、リンダは結い上げた髪をてのひらで押さえた。暗くてよくわからないが、いつもはきっちりと結われている髪が、少し乱れているように見える。それに胸元のボタンが二つ外れていた。女官の身だしなみについてタラがうるさいため、リンダをはじめ若い女官たちはいつも一番上までボタンをとめ、禁欲的な雰囲気を崩さない。二つも外しているところをはじめて見た。

夜、人気のない廊下で髪を乱し、服のボタンを外していた理由なんて、ひとつしかない。

(まさか、逢い引き?)

信じられない思いで、まじまじとリンダを見下ろす。胸元のボタンを焦ってはめようとしているリンダの指が震えていた。

「あの、あの、ブラナーさん、このことは、秘密にしてくださいませんか」

細い声で訴えられて、レイモンドは困惑した。女官を統括しているのはタラだ。リンダのこうした行為も、本来なら報告しなければならない。しかし若い女性が私生活を上司に報告しないでくれと願う気持ちは理解できる。

「相手に、迷惑をかけたくないのです……」

「……約束はできない」

嘘をつくことができず、レイモンドはそう返答するしかなかった。リンダはぐっと唇をかみしめ、レイモンドの横をすり抜けるようにして駆け出した。宿舎の方角へ向かう後ろ姿を見送り、ひとつため息をつく。

相手はきっと他国の男だろう。他の妃候補の従者か、それともこの国の男か――。

レイモンドは周囲に視線をめぐらせた。こんなところで逢い引きをしていたのか、それとも終わったあと宿舎に戻る途中、身だしなみを整えようとして柱の陰に隠れていたのか、どちらだろうか。

レイモンドは廊下の壁に掛けられているランプをひとつ取り、リンダがいた場所に立ってみた。そして厚いカーテンを開け、窓に異常がないか確認する。一階なので中庭が広がっているはずだが、闇夜のため外は真っ暗だ。窓ガラスが鏡のようになっている。

（窓を開けたな……）

窓ガラスに手のあとがついているのを見つけた。鍵がかかっているが、簡単に開けられる。窓を開けてみて、ランプで地面を照らしてみた。短い草がまばらに生えた地面に、男のものと思われる足跡がいくつかついている。

相手はリンダと示し合わせて窓から侵入したか、それとも開けた窓ごしに抱擁《ほうよう》を交わすかして、そのまま窓から立ち去ったのだろう。朝になってから足跡を追跡することはできるだろうが、そこまでしてリンダの逢い引き相手を突き止める必要はあるだろうか。

（………タラに相談しよう）

他人の色恋と任務の兼ね合いがわからず、レイモンドは考えることを放棄した。

窓を閉め、カーテンを引いて、ランプを元の場所に戻す。マーガレットの部屋へと急ぎ、控えの間に着いた。そこにはタラと、レイモンドと交代する騎士が待っていた。

「遅れてしまい、すみません」

まずはそう謝罪し、リンダのことをタラに報告しようとしたら、先に白い封筒を差し出された。タラがうふふと笑う。

「パース団長からです。預かっていました」

「えっ……」

今日はもう一通受け取っているのに、また？

戸惑いながらもタラから受け取り、ダリオの字で書かれた『レイモンド・ブラナー様』という宛名を見る。

「もう何通も手紙が届いているのですって？　随分とパース団長はブラナーにご執心です

こと」

「いや、あの……」

「まだ一度も返事を書いていないそうですね。パース団長がお可哀想だわ。なんでもいいから、なにか返事を出しなさいな」

タラはニコニコと微笑みながらお節介な口出しをする。その横で同僚の騎士が生ぬるい笑顔を浮かべていた。

「なんなら、いまから書きますか？　そこのテーブルにペンと便箋を用意しますから」

「いまは書きません。これから護衛の仕事がありますから」

「あら、そう」

タラがつまらなさそうにレイモンドの手に渡った封筒を凝視する。その視線を断ち切るつもりで、封筒を上衣の隠しに突っ込んだ。

あえてタラを無視するかたちで交代の騎士と引き継ぎをする。タラに話しかけられる隙を作ったら、ダリオのことを色々と詮索されそうだったので、わざと距離を置いた。

そのせいで、リンダのことを報告しそびれてしまった——と気付いたのは、朝になってから。タラは休憩に入り、宿舎に戻ったあとだった。

なんだかんだと返事を書きそびれていたら、ダリオからの手紙は五日目で十二通を数えた。ダリオが色々な人に手紙を託すものだから、レイモンドの周囲ではみんなの知るところとなってしまった。レイモンドが返事を書いていないことまで周知され、礼儀を欠いた行為だと諌めてくる者や、いったいなにがあったのかと好奇心のあまり詮索してくる者が寄ってきたりと、うっとうしい。

執拗な手紙攻撃に、なんの反応も示していないのは事実だ。話が広がるまえに会いに行けばよかったが、なんとなく踏ん切りがつかなくて無駄に時間が過ぎてしまった。

六日目、十三通目の手紙が届いたとき、レイモンドはもう限界だと判断した。

これ以上、放置しておくわけにはいかない。思い切って直接会い、真意を問い質そう。

レイモンドは十三通目の手紙を握りしめ、近衛騎士団長の執務室へ行った。そこには文官しかおらず、ダリオは奥の部屋で休憩中だと言う。文官に取り次いでもらって、奥の私室へ入った。

「やあ、レイモンド、よく来てくれた」

両手を広げ、笑顔で出迎えてくれたダリオは、仏頂面のレイモンドを見て硬直した。

「レ、レイモンド？」

「いい加減にしてください、と言いに来ました」

十三通目の手紙をつきつける。まだ開封していない封筒をチラリと見遣り、ダリオは肩を落とした。

「……すまない。私は言葉が下手で、かなり努力しているのだが君の怒りを解くまでには至っていないのだな……」

「そういうことで談判に来たわけではありません」

「えっ、ではなにを言いに？」

「手紙はもう結構です、と言いに来たんです」

「そんなに、私は嫌われていたのか……」

「ちがいます」

　ああもうっ、とレイモンドは苛立ちを強くした。

「あなたが私を意識して女扱いしたわけではないことは、もうわかりました。けれど無意識にしていたのならもっと悪いし、自覚がないままにただ謝罪し続けるだけで私が折れると思っているなら愚かすぎます。そもそも、あなたは大国ラングフォード王国の上級貴族で、近衛騎士団長です。私よりもずっと上位にいるあなたが、一騎士でしかない私にここまで下手に出る必要はないんです。あなたには矜持というものがないんですか？」

　ダリオほどの地位にいる男ならば、わざわざ宿舎に訪ねてくるまでもなく、正式にレイモンドを執務室に呼びつけて非礼を糾弾すればいいのだ。レイモンドは無視できなくなる。

「矜持……。もちろん、私にも矜持はあるが、自分が悪いことをしたなら謝罪するのは当然だし、できれば穏便《おんびん》に関係を修復したかった」

「どこが穏便ですか。あなたが私に日に何度も手紙を送っていることは、関係者のほとんどが知るところとなっているじゃないですか」

「それは、すまない。直接渡しに行っても受け取ってもらえないかもしれないと考えて、人に託していた」

それは当たっている。

レイモンドはふと窓際に置かれたティーテーブルに視線をやり、その上に便箋とペンとインク壺が載っていることに気付いた。便箋は書きかけの文章で半分ほど埋められている。

「……もしかして、十四通目の手紙を書いていたんですか?」

「そうだ」

頷いたダリオの横を通り、テーブル上の便箋を覗きこむ。もう目に馴染んでしまったダリオの字が綴られており、内容は相変わらずだった。許して欲しい、君に会いたい、君のことで頭がいっぱいになっている、私に笑いかけて欲しい、それが無理ならせめて側にいることを許して欲しい――。そんな言葉ばかりだ。

文字を目で追うだけで、頬が赤らんできてしまう。

「……ダリオ、はっきりさせたいので、聞いていいですか」

「なにを?」

「あなたは、私のことをどう思っているんですか？」

「どう、とは？」

ダリオは不思議そうな表情を見せた。

「だから、個人的に私のことをどう思って、こんな手紙を書いて寄越したのですか、と聞いているんですっ」

「こんな手紙？　君がそう思うほどに、酷い手紙だったか？」

悲しそうな顔になるダリオに苛々する。

「だから、つまり、その、私に会いたいだとか、私のことばかり考えているだとか、誤解を生みそうな表現が多い手紙のことですっ」

「誤解を生む？」

「とにかく、どう思っているのか教えてください！」

「レイモンドは素晴らしい騎士だと思っている」

「だから、そういうことじゃなく――」

「美しく気高く、この世に二人といない、世界を明るく照らすほどの人物だと思っている」

「ああ、そう……」

ダリオは真顔だ。本気でそう評価しているらしい。

それって、友情を超えている、と思うのだが、自覚していないのだろうか。

（……していないんだろうな……）

レイモンドはもう確信している。ダリオは自分に惚れている、と。

しかし本人がわかっていない。これはどうしたものか。

自分でも厄介《やっかい》なことに、レイモンドはそれを迷惑だとは思っていないのだ。

まさか異国でこんなことになるとは、予想もしていなかった。

「とにかく、もう手紙は書かないでください」

「…………そうか……」

暗い顔になったダリオに、「だから」と言葉を続ける。

「これからは会いたいときに会いましょう。手紙は不要です」

「えっ、会ってくれるのか？」

「会います。このあいだのように、朝まで飲み明かしたいのなら応じますので、休みの日を合わせましょう。剣や弓の稽古も、ダリオが嫌でなければまた相手をしてください。またガイアを見せてくれたら嬉しいです」

「レイモンド！」

満面の笑みを浮かべたダリオがいきなりガバッと抱きついてきた。体の大きな男に突然そんなことをされると、山中で熊に襲われたと錯覚するような迫力だ。すっぽりと腕の中に取り込まれてしまい、ぎゅうぎゅうと締めつけられた。

「ありがとう、ありがとう！　嬉しい！」

「そうですか……」

甘い雰囲気は微塵もない。どう贔屓目《ひいきめ》に見ても恋愛沙汰には疎《うと》そうなダリオだから、そんなものは望んでも無理だろうが。そもそも自覚していないし。

「ではさっそく、次の休みを合わせて、前夜にここで語り明かそうか」

「いいですよ」

あっさりと了承すると、ダリオがびっくりしたように目を丸くする。自分で言い出しておいて驚くとは、と呆れながらも、悪い気はしない。

ダリオはレイモンドの手をうやうやしく取ると、まるで深窓《しんそう》の令嬢に対するかのようにそっと長椅子に促した。並んで座り、目を細めてレイモンドを見つめてくる。あまりにもあからさまに凝視されて、恥ずかしくなるほどだ。

「レイモンド、なにか欲しいものはないか？　君に感謝の贈り物をしたい」

「なにもいりません」

「いや、なにかあるはずだ。私に贈り物をさせてくれ。頼む」

こういう人が、悪い女にハマると身を持ち崩すのだろう。純粋と言えば聞こえがいいが、夢中になるとなにも見えなくなる厄介な性質だということだ。

「この国に屋敷は欲しくないか？　マーガレット王女がジョシュア王太子殿下に輿入れす

れば、レイモンドもこちらについてくることになるだろう？　屋敷があった方が便利だ」

「もしマーガレット殿下がラングフォード王国に嫁ぐことになったとしても、必ずしも私がついてくるわけではありません。ついてくることになったとしても、屋敷など欲していません」

なにを言い出すんだこの男は、とレイモンドはため息まじりに首を横に振る。

「ついてこないのか？」

「だれが殿下とともにこの国に来るのか、決めるのはもっと上の役人たちです。騎士はそれに従うだけです」

「もし選出されなければ、私たちは二度と会えないのか？」

「それは……」

「だったら私が君を雇おう。申し訳ないがアリンガム王国での立場を捨ててもらって、私の個人的な護衛として雇うので、そうだな、私の領地を分け与えよう。そうすれば――」

「待ってください。先走りすぎです」

ハッとしたように口を閉じ、ダリオはしばし押し黙る。なんの話をしていたのか、混乱してわからなくなったようだ。仕方がないので、レイモンドが助け船を出した。

「私に贈り物をしたいという話です」

「ああ、そうだった」

「領地も屋敷もいりません。第一、そんなものをもらっても困ります」

「そうか……そうだな。では、名工の手による剣はどうだ？」

武具関係ならば欲しいものはある。頑なに固辞するよりは、ひとつくらい挙げておいた方がいいだろう。

「馬具を新調しようと考えていたところです」

「そうか、馬具か」

パアッとダリオの表情が明るくなった。

「すぐに発注しよう。私が懇意《こんい》にしている職人がいる」

「ありがとうございます」

「それが届いたら遠乗りに行かないか？」

「いいですね、遠乗りですか」

レイモンドが乗り気になったので、ダリオがますます笑みを深くする。日に焼けたダリオの顔をじっと見つめた。目尻にできるちょっとした皺に、レイモンドはほのかな愛しさを感じた。

◇◇◇

ジョシュアの誕生日を祝う会が数日後に迫ってきた。

国を挙げての祝賀行事となるため、浮かれた国民たちが田舎から王都へ出てきている。これを商機と見て商人が集まり、さらに旅芸人も流入し、王都内の既存の宿泊施設だけでは部屋が足りなくなった。やむを得ず、郊外に臨時で宿泊用の天幕を張ることを許可し、治安維持のために野宿だけは避けるように触れを出した。

王都と周辺の人口が一気に増えたため、警備を任されている正規軍は多忙を極めた。王城を預かるダリオも同様で、自分の時間はないに等しい。しかし、レイモンドと会う機会は作りたい。会わなければ死にそうになるので、これは重要な案件だ。

ハワードに相談した結果、「団長にいま死なれては困りますから」と呆れた顔をされながら、執務室の奥の私室にレイモンドがいままでよりも頻繁に――たとえば仕事が終わったあとの夜だけでなく昼間も――出入りすることを許してくれた。

「えっ、最低でも一日に一回、ここに?」

レイモンドを執務室に呼び出し、ダリオの希望を伝えた。困惑顔になるのも当然だ。

「一日に一回というのは、あくまでも私の希望だ。君の気が向いたときだけでいい。それに、君が出入りしていることは、ここにいる三人だけの秘密にする。よからぬ噂が立って、君の立場が悪くなってもいけない。どうか、来てもらえないだろうか」

ダリオの懇願に、レイモンドはしばらく考えたあと、「いいんですか?」とハワードに確認する。

「いいも悪いも、君に会えないと、団長は死にそうになるらしい」

「死にそう…って、なにを言っているんですか」

レイモンドが白い頬を赤くして、狼狽えたように視線を泳がせる。可愛いな、とダリオは目を細めた。最近、レイモンドは美しいだけでなく、愛らしい表情も頻繁に見せてくれる。

「来てくれるか?」

「それは、まあ、死にそうになってしまうなら、仕方がありません」

「よかった。ありがとう」

感謝の言葉を繰り返すダリオに、レイモンドがちょっとだけ拗ねたように唇を尖らせた。

その日から、さっそくレイモンドは休憩時間に執務室まで来てくれた。文官を遠ざけ、ダリオみずからお茶を淹れ、ふるまった。おかげでその後は機嫌よく仕事に取り組むことができ、効率が上がった。

新しく発注した馬具はまだ届いていない。レイモンドが帰国するまでには絶対に仕上げてくれと、ダリオが職人に直々に依頼した。仕上がったら、たとえ夜中でも知らせろと言ってある。すぐに受け取りに行くから、と。

もっとレイモンドとともに過ごしたい。時間が足りない、と思っているのは、ダリオだけではなかった。

「ねえ、ダリオ、一日がもっと長ければいいのに……って、思ったことない？」

ジョシュアがため息まじりにそうこぼしたのだ。彼が乗馬の練習に来たとき、偶然ダリオも愛馬の様子を見るため馬場に行っていた。ジョシュアに請われて、練習をすこし見た。着実に上手くなっていることを、率直に褒めた。ジョシュアは嬉しそうに微笑んだが、ふと真顔になって憂鬱そうに呟いた。

「時間が足りないよ」

「マーガレット王女のことですか？」

「もっとたくさん話したり、遊んだりしたい」

遠くを眺める横顔は、もうすっかり恋する男のようだった。

「祝う会が終わっても、できるだけマーガレットを引き留めるつもりなんだ。約束が欲しい。成人前だから結婚はできないけど、婚約はできるんだよね？」

「できるでしょうね。しかしマーガレット王女はどうお考えなんですか」

「……まだ、はっきり結婚を申し込んでいない……」

耳を赤くして俯くジョシュアに苦笑いし、「では、まず申し込まないといけませんね」と背中を叩いて励ました。

ダリオもレイモンドと約束を交わしたい。もしマーガレットがジョシュアの気持ちに応えて輿入れすることを受けてくれたなら、それについてきてほしい。このまま会えなくなるのは嫌だった。

仕事に追われながら、ダリオは毎日そんなことばかり考えていた。

「団長、昼食です」

二人分の昼食を、ハワードがこっそり運んできてくれた。いま奥の部屋にレイモンドが来ている。ダリオが受け取り、奥へと持っていった。

「レイモンド、食事だ」

入ってすぐの居間に置いた長椅子に、レイモンドが横になっていた。腹の上に分厚い兵法書が乗っている。彼はこの日、不寝番明けだった。すぐに宿舎に戻って眠りたかっただろうに、ここまで来てくれた。

無理をしなくていい、と言ったダリオに、「会いたいと思っているのは、あなただけではありません」と拗ねたような顔をした。密かに感激しているダリオに気がついたのか、恥ずかしそうにすぐ顔を背けた。

（レイモンドは寝顔まで美しいな……）

感心しながらじっと見つめる。本を読みながら長椅子で待っていて、眠ってしまったようだ。どれくらい鑑賞していただろうか。レイモンドがかすかに唸り、目を開けた。水色の瞳がダリオをとらえ、慌てて体を起こす。

「すみません、眠ってしまいました」

「いや、いい。不寝番だったのはわかっている。昼食が届いたんだが、どうする?」

レイモンドは片手を腹に当て、しばし考えた。お腹と相談しているようだ。そんな様子も可愛いと思う。

「食べます」

「そうか。食べようか」

「はい」

二人で向かい合って食事をとるのは、もう何回目になっただろう。献立はいままでと代わり映えしないのに、とても美味しく感じる。レイモンドとの会話と笑顔は、最高のスパイスになっていた。

「食べたあとは、宿舎に戻ります」

「そうか」

当然のことなのに、きっと残念そうな表情をしてしまったのだろう。レイモンドが、

「仮眠を取ったあと、夜に来てもいいですか」と言ってくれた。

「もちろんいいよ。待っている」

レイモンドがふわりと柔らかく笑う。こんな笑い方をするようになったのは、最近だ。

毎日が楽しい、という感覚はこういうことをいうのだ、と実感している。

できればこの日々がずっと続いてほしい。別れたくない。レイモンドが帰ってしまうときのことを想像するだけで、ダリオは喉が詰まったようになって、息ができなくなるほど胸が苦しくなった。

もうひとつ、ダリオが平常心ではいられなくなるときがある。それはレイモンドが黒髪の元騎士の話をするときだ。夜、酒が入るとレイモンドはぽつぽつと思い出話をした。

「彼の髪はすこし癖があって、乾いている状態だと癖はとくに目立たないのですが、濡れると悲惨なんです。訓練中に雨が降り出したとき、くるくるに跳ねてしまって」

レイモンドは楽しそうに思い出し笑いをする。ダリオは「そうか」と相槌を打つことしかできない。

「その状態をとても嫌がるので、私が拭くのを手伝うのが常でした。こう、手拭いで、ごしごしごしごし、延々と頭を拭くんです。面倒くさかったですね」

言葉とは裏腹に、懐かしそうに目を細める。どこか遠くを見る水色の瞳には、望郷の念がこめられているようにしか思えなかった。しっかりと捕まえていなければ、いますぐどこかへ飛んでいってしまいそうな気がして、ダリオはレイモンドの腕を掴んだ。

「ダリオ?」

どうかしましたか、と聞かれ、ダリオは「なんでもない」と答えた。けれど手は離せなくて、レイモンドを自分の方に引き寄せる。酔ったレイモンドは従順で、ダリオの膝にちょんと乗った。

「しばらく、こうしていてくれ」

「重くないですか」

「重いわけがあるか。君が元騎士の友人の話をすると、私はどうにも苛々してしまうんだ」

正直にそう言うと、レイモンドは笑いながらダリオの首に腕を回してきた。ぴったりと体をくっつけて、じっとしていてくれる。ざわめいていた神経が、ゆっくりと凪いでいった。

ダリオの気持ちを波立たせるのも鎮めるのも、すべてレイモンドだ。

レイモンドの腰に腕を回し、ダリオは蜂蜜色の髪に頬を寄せた。ほのかな体臭を肺いっぱいに吸いこむ。ずっと、永遠に嗅いでいたい匂いだ。

そのまま動かないでいたら、いつのまにかレイモンドは寝息をたてていた。酒に弱いレイモンドが、飲んでいる最中に寝落ちしてしまうことは珍しくない。一度だけダリオもレイモンドのまえで眠ってしまったことがあったが、レイモンドはわりと頻繁だった。本人が言うには、ダリオのまえだと気が緩んでしまうからだそうだ。そんなふうに言われて、悪い気はしない。

ダリオは自分にすべてを預けて眠ったレイモンドの背中を、ゆっくりと撫でた。そして自分も眠気を感じてきたので、抱き上げて寝室に運ぶ。寝台は大きいので、大人の男が二人並んで寝ても、じゅうぶんな広さがある。

ダリオはレイモンドの横に身を横たえ、そっと目を閉じた。レイモンドの寝息を子守歌にして。

そんな日々を送っていたある日、ひとつの調査報告が届いた。

一見、若い騎士としか思えない服装の男が、ダリオの執務室の扉を叩いた。応対したハワードは、彼の顔を認めてすぐに文官たちを別室に遠ざけた。いま奥の私室にレイモンドは来ていない。内密の話をするにはちょうどよかった。

「遅くなりました」

「いや、ご苦労だったな」

ダリオは執務机越しに男と握手をした。平凡な顔立ちで中肉中背。とても腕が立つようには見えないが、武道の手練れならば、この男の隙のなさに気付くだろう。近衛騎士団直轄の諜報部に所属する人物だ。彼らを動かせるのは団長のダリオだけ。調査結果を報告するのも、ダリオに直接口頭で伝える。そういう決まりになっていた。

「では、報告してくれ」

ダリオが促すと、男はアリンガム王国について語りはじめた。

マーガレットの母国であるアリンガム王国は、ラングフォード王国の友好国ではあるが、国力に差があり国境を接しているわけでもなかったため、それほど重要視されてこなかった。その結果、国内情勢についての情報が不足していた。王家の事情はだいたい把握していたが、それだけだった。それでダリオが、諜報部に調査を命じたのだ。

「一般的な評判のとおり、アリンガム王国はおおむね平和で国民の生活水準は大陸の平均並みは保っています。王族の中でもっとも人気を集めているのはマーガレット王女で、それは王と王太子を凌《しの》ぐものとなっています」

「そんなにか」

「はい。そのため一回目の結婚が悲劇に終わったことを国民のほとんどが同情しており、もしジョシュア王太子殿下との結婚話が具体的に動きはじめたら、国を挙げてのお祭り騒ぎになるでしょうね」

「まあ、反対意見はあまり出ないだろうとは思っている」

そうですね、と男が頷く。

「経済状態は良くもなく、悪くもないといった感じでしょうか。国王は政《まつりごと》にあまり関心がないようですが、それほど贅沢《ぜいたく》もせず、国庫を空にするつもりはないようです。ただ、それでは満たされない一派というものが存在しており、一部の貴族たちが結託しています」

「なに？」

「半年前、王と王太子の暗殺未遂事件があったようです」

そんな話は初耳だ。

「一部の有力貴族と地方貴族が王に不満を抱き、軍部の若者も取り込んで謀反を起こす計画だったらしいのですが、未遂に終わっています。関係者には箝口令が敷かれ、諸外国はおろか国民すら知らされていません」

その極秘事件をこの男はどうにかして探ってきたのだ。

「実行犯たちの面子は割れています。国内の主だった教会や宿泊施設には似顔絵付きの手配書が配布されました。これです」

男が数枚の手配書を差し出してきた。ダリオはそれを一枚ずつめくっていく。似顔絵の横には身体的な特徴が箇条書きにされていた。身長、髪と瞳の色、出身地、元の職業――。

ほとんどが軍籍にいた男たちで、騎士もいた。

「これは……」

黒髪の騎士の手配書を、ダリオはじっと見つめる。

スタンリー・エルウェス、二十七歳、黒髪黒褐色の瞳、元騎士。アリンガム王国中級貴族出身。年齢がレイモンドとおなじだった。以前、ダリオの部屋で果実酒に酔ったレイモンドが、憂鬱そうに語った言葉がよみがえってくる。

『……どうも悪い仲間に唆され、取りこまれてしまったようで……。国への忠誠心をなくしてしまったらしく、姿を消しました』

黒髪の、十年来の友人。騎士の誓いを破り、レイモンドを裏切って出奔し、行方がわからなくなったという男。

（まさか……）

レイモンドから件の友人の名前は聞いていない。だからはっきりと、この男だと言い切ることはできない。しかし、レイモンドの様子から、その友人はかなり深刻な裏切り方をしたのではないかと考えていた。

騎士として忠誠を誓ったはずの王家に刃を向けたとしたら、レイモンドの嘆き方も納得がいく。

（もし、この男なら……）

許せない。レイモンドの信頼を裏切り、いまもなお苦しめているのだ。しかも悪い仲間に唆された、本当は悪い男ではないと思わせている。

ダリオの胸に、どす黒いなにかが渦を巻く。

唆されて謀反を企てる一味に加わったにしろ、いい年をした大人の男が自分で判断して実行に移したのだ。本人に罪はないなどと、愚かなことを本気で考えるべきではない。聡明なレイモンドがなぜ、あんな世迷い言を口にしたのか、理解に苦しむ。

（……それだけ、レイモンドにとって、この男は大切な存在だったということか……）

手の中でクシャッと紙が音を立て、ダリオはハッとした。無意識のうちにスタンリーの手配書を握りつぶそうとしていたのだ。

「……まだ、捕まっていないのか」

「だれも捕まっていません。大っぴらに捜索できないでいるようです。重罪人として手配書は配られていますが、潜伏場所が特定できていません。つい先月、地方貴族の屋敷を捜索したようですが、なにも発見できませんでした」

捜査が進んでいない原因は、王家の力が弱まっているせいだろう。過不足なく国を治めるのはそれなりに努力が必要なことだが、アリンガム王国の事情はすこし違うのかもしれない。

国政に興味がない王の下では、官僚たちも働き甲斐を感じにくくなってしまう。緩やかな滅亡に向かっていると将来を悲観した貴族たちが、生き残りをかけて結託したとしたら、この事件はなかなか解決しないだろう。

「それで、パース団長、ここからが肝心です」

「なんだ」

「この謀反を企んだ一派は、現王と王太子を廃し、マーガレット王女を担ぎ上げる計画だったらしいのです」

「マーガレット王女を？」

艶やかな黒褐色の髪を背中に垂らし、ジョシュアの横で明るく笑っている姿が脳裏に浮かぶ。

「たしかにマーガレット王女は学問をしっかりと修められており、溌剌とした性格でまわりを明るくする能力の持ち主だ。国民の人気があるのはわかる。しかもアリンガム王国の歴史上、女王は存在していた。しかし、本人にその気はないだろう？」

マーガレットは兄のトーマスを差し置いて、自分が王座につくことなど思ってもいないのではないだろうか。彼女からそうした野望を感じたことはない。

「パース団長、ここからの話は私見になりますが、よろしいでしょうか」

あらたまって頭を下げた男に、ダリオは「言ってみろ」と促した。

「謀反を企んだ一派にとって、マーガレット王女は非常に重要な存在のはず。現王と王太子を廃し、女王として王座に就いてもらわなければならないのに、他国へ嫁がれては困ります。我が国の王太子殿下との結婚話を、絶対に快くは思わないでしょう」

「——なるほど……」

諜報部の男がなにを言いたいのか、ダリオはすぐに理解した。

いまラングフォード王国の王都カノーヴィルは、自国民だけでなく他国からも人々が流れ込んできてごった返している状態だ。商人や旅芸人にまぎれて、どんな人間が王都に入ってきているかわからない。悪意ある者たちにとっては、絶好の機会だ。

「わかった。引き続きアリンガム王国の調査を頼む。謀反の一派について、なにか掴めたらすぐに知らせてくれ。王都と王城の警備については、こちらに任せてくれればいい」

男は頭を下げると、執務室を出て行った。

重いため息をつきながら、ダリオはハワードと顔を見合わせる。

「とりあえず、文官に命じて、この手配書の複製を作らせよう」

「そうですね。半年前の暗殺未遂事件については伏せて、入国を警戒すべきアリンガム王国出身の重罪人と伝えましょう。王都内の警備担当に配布して警戒させます」

ハワードが下がらせた文官たちを呼び戻すために執務室を出た。戻ってきた文官たちに指示を出しているハワードを眺めながら、ダリオはレイモンドのことを考える。

黒髪の元騎士に拘っていたレイモンドが気になって仕方がない。長年親しくしてきて、全幅の信頼を置いていた人間に裏切られたら、だれもが衝撃を受けるものだ。ダリオとて、たとえば右腕のハワードに裏切られたら途方に暮れるだろう。

しかし、レイモンドのあの様子は――。

(ただの友人だったのか？　それ以上の関係だったのではないか？)

濃紺の軍服に包まれたしなやかな肢体を、もしかしたらスタンリーがいいように扱っていたのだとしたら……。レイモンドがそれを許し、あまつさえダリオが目にしたことがない妖艶な表情をあの男にだけ見せていたとしたら……。

想像しただけでカッと胃のあたりが熱くなった。息苦しくなってきて、全身の血がぐつぐつと沸騰《ふっとう》しそうになる。落ち着け、と自分に言い聞かせても、なかなか気持ちは鎮まらなかった。

ダリオは立ち上がると、一直線に外へ出る扉に向かった。ハワードが引き留めてくる。

「団長、どこへ行くんですか」

「レイモンドに会ってくる」

「ブラナーですか？　彼がなにか？　まさか事件に関わっていると？」

「いや、それはないだろう」

「では、急にどうしました」

「ちょっと確認したいことがあるだけだ」

答えながらも扉へ向かう足は止めない。ハワードが駆け寄ってきて腕を掴んだ。

「団長、ちょっと、という形相《ぎょうそう》ではありませんよ。どうしたんですか。このあと陛下に定期報告する予定があります。さらに、あなたが決定して指示を出さなければならないことが山積みです。いまここで席を外されては困ります。急ぎの用件でなければ、休憩時間まで待ってください」

文官たちに聞かれないよう小声で早口に説得してくるハワードは、真剣な目をしている。

「団長」

掴んでいるハワードの手にぐっと力がこめられた。

多忙を極めているのに勝手な行動をされては困る、という当然の理由に加えて、ダリオの様子がおかしいと思ったのだろう。ハワードは、ダリオがレイモンドに手紙を送り続けていたことはもちろん知っているし、自室に招き入れたことも知っている。ダリオ自身、どうしてレイモンドだけ特別扱いしているのか理解できていないのに、ハワードは静観してくれていた。

「ブラナーに会って、なにを確認したいのですか」

ハワードの射るような視線から目を逸らし、ダリオはひとつ息をついた。

「…………じつは、さっきの手配書の――」

話してしまった方がいいと判断し、ダリオはスタンリーがレイモンドの友人なのでは、という考えを打ち明けた。ハワードの顔色が変わる。

「なるほど、いくつかの点で条件が合致《がっち》しますね。半年前に裏切られて出奔、その後は行方がわからない。そして元騎士で黒髪、年齢……。ブラナーが語った友人というのは、スタンリー・エルウェスである可能性が高い。団長はそれをブラナーに確かめに行きたかったのですね」

「……そうだ」

それだけではないが、それ以上は明かせない。ダリオは強張った顔で頷いた。

「もしブラナーが語る友人がエルウェスで、彼と未だに連絡を取り合い――つまり通じていたら、団長はどうしますか」

「それはない。レイモンドは私に話したとき、心から友人として心配していた。悪い仲間に唆されたとも言っていた。通じているなど……ありえない」

レイモンドを信じている。しかし語尾が尻すぼみになってしまったのは、それほど彼のことを深く知らないからだ。レイモンドがどのような家庭で育ち、どのように騎士見習いとして努力し、どのようにマーガレットの専属の護衛騎士になったのか、知らない。きっとスタンリーの方がよく知っているだろう。

ダリオの知らないレイモンドを、スタンリーだけが知っているとしたら。

居ても立ってもいられなくなり、ダリオはハワードの腕を振りほどいた。

「団長っ」

「半刻で戻る。いまは許せ」

制止を振り切って、執務室を飛び出した。

◇◇◇

ダリオが控えの間まで訪ねてきたのは、割り当てられた今日の護衛が終わり、引き継ぎをして宿舎に引き上げようとしているときだった。宿舎で軍服を脱ぎ、着替えてから、ダリオの私室に行くつもりだった。

タラの案内で控えの間に通されてきたダリオは、暗い目つきをしていた。

「ブラナー、パース団長が緊急の話があるそうです」

タラはちらりと上目遣いでレイモンドを見遣り、隣の小部屋を使うようにと言ってくれた。小部屋は護衛の小休憩時にお茶を飲んだり打ち合わせをしたりするための場所だ。

「突然、すまない」

「構いません。こちらへどうぞ」

小部屋に入り、扉をしっかり閉じてから、ダリオに向き直った。

「なにかありましたか?」

「時間がないので単刀直入に言う。君を裏切った元騎士の黒髪の友人とは、スタンリー・エルウェスのことか?」

突然すぎて、レイモンドは取り繕うことができなかった。あからさまに顔色を変えてしまい、ダリオに「やはり」と頷かれてしまう。

「なぜ、スタンのことを……」

「調べさせた。このままジョシュア王太子殿下とマーガレット王女が結婚すれば、アリンガム王国とは縁続きになる。我が国は、いままでアリンガム王国に特別な関心を寄せていなかったため、一般的な評判以外、ほとんど内情を知らなかった。そこで詳細を把握しておく必要があると判断し、調査を命じた」

「それで、半年前の事件を知ったということですか」

レイモンドはため息をついて、壁にもたれた。椅子はあるが、二人とも立ったままだ。

「どうして事件を教えてくれなかったのだ。そんなに私は信用できない男か」

「あの事件は我が国の恥です。箝口令が敷かれたのは当然で、たとえ個人的に信用の置ける人物だとしても、他国の者にそう簡単には話せるわけがありません。私はアリンガム王国の騎士です。国と王族にすべてを捧げると、誓いを立てています。裏切ることなど、できません」

騎士として間違ったことを言っているわけではないのに、レイモンドの胸が引き絞られるように痛んだ。

「そうか、そうだな……私は他国の人間だ……」

ダリオが辛そうに顔を歪めるので、余計に胸の痛みが酷くなり、さらに苦しくなってきた。

「すみません……」

「いや、君が謝罪することではない。責めるような言い方をして悪かった」

謝らせてしまった。ますますレイモンドは苦しくなる。

「君は、謀反を企てた一派が、現王と王太子を廃し、マーガレット王女を玉座に据えようという野望を抱いていたことについては、どう思っているんだ」

「えっ？」

はじめて聞く話に、レイモンドは顔を上げた。

マーガレットを女王に？

現王と王太子は、たしかに国民の支持をあまり得ていない。マーガレットの方が人気があり、国民の一部は女王の誕生に期待を寄せているらしいと聞いたことはある。しかし、まさか現王に不満を抱く貴族たちも同様の考えを共有しているとは思ってもいなかった。

「知らなかったのか」

「……知りませんでした……」

もしこれが事実ならば、レイモンドが知らされなかっただけかもしれない。国から手紙を送ってくれた外務大臣は、きっと把握している。スタンリーと友人だったレイモンドを信用しきれず、事件の調査結果のすべてが届けられているわけではないとしたら。

憤りを感じたが、仕方のないことだと納得せざるを得ない。いくら口でスタンリーと連絡を取っていないと主張しても、レイモンドに身の潔白を証明する手立てはない。騎士としてマーガレットの護衛を続けていられるだけでも感謝しなければならない。

「レイモンド、君はエルウェスと通じていないだろうな？」

「通じていません。半年前のあの事件があった日以来、まったく行方は知りません」

「本当か」

「本当です。信じてくれないのですか」

ダリオに疑われるのは嫌だ。自国の大臣に信用されていなかったのはショックだが、それよりもダリオに不信感を抱かれる方が辛い。

「……そうか、わかった」

「信じてください。私は、あなたにすべてを打ち明けられずにはいたけれど、絶対に嘘などつかない」

じっと見つめて訴えたレイモンドに、ダリオが近づいてくる。苦渋に満ちた表情のまま、ダリオが抱きしめてきた。いきなりの抱擁に驚いたが、拒む気は起きなかった。レイモンドはダリオの広い背中に腕を回し、自分からぎゅっと力をこめてしがみついた。

「ダリオ、私は潔白です」

「わかった」

「あなたに疑われるのは辛い」

「……レイモンド」

「スタンと通じてなどいません」

「わかった。信じる。レイモンド……」

ダリオの囁きが耳に直接吹き込まれた。その直後、耳のすぐ下のあたりに、熱くて柔らかなものがぐっと押しつけられた。唇だ、と気付いたと同時に、ふっと全身から力が抜け

る。唇が触れたのは一瞬だった。それなのに、そこがじんじんと熱を持ってくる。

全身を預けるようにしてもたれかかったレイモンドを、ダリオがしっかりと抱いて支えてくれた。

「レイモンド、もうひとつ、聞きたいことがある」

ダリオがレイモンドの首筋に顔を埋めたままで尋ねてきた。

「君にとって、エルウェスという男はどんな存在だったのだ」

「……友人です」

いまさらなにを聞くのか、とレイモンドは顔を上げた。鼻先が触れそうな距離で、ダリオの茶色い瞳が自分を凝視する。

「ただの友人か？　なにか、特別な関係ではなかったのか？」

「特別な関係とは、なんですか」

「特別な、関係だ」

嫌な予感しかしない。

「はっきり言ってください」

問い返す声が、震えた。まさか、まさかダリオが、そんな下世話な疑惑を胸に抱えているなんて、思いたくなかった。

「友情だけではなく、恋愛感情によって肉体も結ばれた関係では――」

渾身の力でダリオを突き飛ばし、思い切り振りかぶってその頬を殴った。ダリオの頑健な体はよろめいただけで倒れることはなかった。ただ、左頬がじわじわと赤くなっていく。口腔《こうこう》内を切ったのか、唇の端から血が滲んだ。

レイモンドは怒りに震えながら、ダリオを睨みつけた。あまりの激情に、瞳が潤んでくる。

泣きたくなどない。こんなことで。けれど勝手に涙が滲んだ。

「こんな、こんな侮辱を受けたのは、はじめてだ……！」

「レイモンド……」

「スタンは私の大切な友人だった。騎士仲間だった。裏切られて、私がどれほど傷ついたか……。いまだに揺れている心情を、あなたにだけ打ち明けたのに」

ハッとしたようにダリオが顔色を変える。恐る恐るといった感じで、両手を差し伸べてきた。その手を、レイモンドは叩き落とした。

「触るなっ」

叫んだ拍子に、大粒の涙が頬を転がっていく。ダリオが愕然とした顔でそれを見ていた。

人前で泣いたことなど、物心ついてから覚えがない。なぜこんなにも悔しいのか、苦しいのか、悲しいのか――。レイモンドは絶望的な気持ちの中で、答えを見つけてしまった。

扉を指さし、ダリオに告げる。

「出て行け」

「レイモンド、悪かった、その、私は……」

「出て行け」

「レイモンド！」

「いいから出て行ってくれ！」

悲鳴のようになってしまった。がっくりと肩を落としたダリオが、静かに小部屋を出て行く。レイモンドは手近にあった椅子に腰を下ろし、両手で顔を覆った。

こんな場面で気付くなんて。スタンリーとの仲を疑われて、自覚するなんて。

「ダリオ……」

あの馬鹿な男を、いつのまにか愛してしまっていた。

耳の下にくちづけられて、体の芯が蕩《とろ》けるような感覚に支配された。ダリオ以外の男にあんなことをされていたら、たぶん決闘を申し込んで、全力で殺しにかかっていただろう。

ダリオ・パース。

血筋がよく、それなりの領地と財産を所有しているうえ、大国の近衛騎士団長という、騎士として最高の地位にいるくせに、唐変木《とうへんぼく》で激鈍《げきにぶ》で、人の心の機微《きび》をまるで理解していない男。

けれど、側にいると心地よくて、なんでも話してしまいたくなる空気の持ち主で、抱きしめてくる腕は温かい。

そもそも、惚れられていると察していながら、特別扱いを受け入れたところからして、もう自分はおかしかったのだ。最初から、きっとレイモンドはダリオのすべてを許していた。

（殴ってしまった……）

右手がずきずきと痛くなってきた。いまごろダリオの頬も腫《は》れているだろうか。それとも頑丈な彼のことだ、たいした傷にはなっていないだろうか。

呆然としながら小部屋から出て行ったダリオの背中を思い出すと、両手で髪を掻きむしって叫びたい衝動がこみ上げてくる。頭に血が上っていた。もっとほかに言いようがあっただろうに、なぜあんな言動しかできなかったのか。

カッとなって殴ってしまった。誤解だけでなく、ダリオが半年前の事件を聞きつけたと知って、動揺した。さらにあの事件のきっかけがマーガレットの存在だったのかもしれないと聞き、冷静さを失っていた。ダリオはたしかに酷い疑惑を口にしたが、きっと彼の方も平常心ではなかった。

暴力を振るってしまったことは、謝罪した方がいいだろう。これは剣や弓の稽古とはちがう。レイモンドが手を上げた理由は私的なものだ。

（暴力について謝罪するのは当然だから、それはいい。だがダリオにも謝罪してほしい。

私を疑った。何度もスタンは友人だと言ったのに）

またムカつきがぶり返してきて、レイモンドは苛々とテーブルの脚を蹴飛ばした。

しばらくしてから、扉の向こうからタラが声をかけてきた。

「ブラナー、ここを開けてもいいですか」

ダリオが出て行ってから随分たつのにレイモンドが一人で籠もっているので、気になっているのだろう。レイモンドは自分で扉を開けた。するとタラだけでなく、仲間の騎士たちもずらりと並んでいて驚いた。

「ブラナー。パース団長となにかあったのですか」

質問するかたちを取っているが、タラの口調には確信がこめられている。レイモンドは自分がかなりの声量で怒鳴ってしまったことをわかっていた。防音処置が施されている部屋ではないので、二人の尋常ではない言い合いは外に漏れていたにちがいない。ここで「なにもなかった」と否定しても信じてもらえないだろう。

スタンリーたちについての情報は共有した方がいいだろうと判断し、ダリオの嫉妬による発言は省いて、レイモンドはとりあえずここにいる者にいま聞いた話を語った。

「それでは、ラングフォード王国に半年前の事件が知られてしまったのですね」

タラが厳しい表情になった。騎士たちも、それぞれが複雑な胸の内のままに俯く。暗殺未遂事件に関わった元騎士や元正規軍人の中に、顔見知りが一人もいなかった者はいない。

忠誠を誓った王家に刃を向けた彼らに対し、みんな多かれ少なかれ衝撃を受けたのだ。

「私は知らなかったのですが、あの事件の最終目的はマーガレット殿下を玉座に担ぎ上げることだったらしい。タラは聞いていましたか」

レイモンドの問いに、タラは曖昧に頷いてみせる。

「あの一派にそのような思想があったとは小耳に挟みましたが、それが確たる事実であったのかどうかまでは……」

マーガレットのもっとも身近に仕える女官長のタラは、知っていたようだ。まったく知らなかったらそれはそれで問題なので、隠していたことはいまは横に置いておく。

「殿下は、そのことを……？」

「ご存じではないと思います」

タラが断言したので、その点は間違いないだろう。

「もしマーガレット殿下をアリンガム王国の女王に推したいのならば、彼らにとって今回の結婚話はなんとしてでも成立させてはならないもののはず。それでパース団長は、彼らがなんらかの妨害を企てているかもしれない、と言っていました」

「まあ……！」

タラが顔色を青くした。騎士たちも気配を尖らせる。

「私も、その可能性はあると思う。マーガレット殿下が他国に嫁いでしまっては、彼らの目的が達成できない。タラ、ジョシュア王太子殿下とマーガレット殿下の間で、結婚について話はしているのですか?」

「じつは、ついさきほど、今日のお茶会から戻った殿下が、そのようなことを……。祝う会が終わってもすぐに帰国せず、しばらく滞在してほしいとお願いされたそうです。そのつもりでいるようにと言われました。ジョシュア王太子殿下は、ほかの妃候補はすべて帰らせるから、これからの二人にとって大切な話をしたいとおっしゃられたらしく、とても嬉しそうでした」

まあ、と侍女たちが手を叩いて喜んだ。タラも口元を綻《ほころ》ばせている。アリンガム王国にとってめでたい話だ。レイモンドは別の意味でホッとした。

マーガレットは自分の父親と兄を廃して、みずからが王座につくつもりは毛頭ないのだ。もしスタンリーたちが極秘裏にマーガレットに接触しても、気持ちが揺らぐ可能性は限りなく低いだろう。

たしかに現王は国民に見放されている。しかし王太子のトーマスは真面目な性格で、父王を反面教師にしてか、政の勉強に励んでいる。派手ではないが、堅実な人柄なのだ。レイモンドは国の未来を、それほど悲観してはいない。いますぐ王と王太子を亡き者として、マーガレットを玉座に据えなければならないほど、国は切羽詰まっていないはず。

スタンリーがこんな馬鹿げた企みに加担し、いまだにその目的を達成するために潜伏しているのかと思うと、呆れを通り越して腹立たしくなってくる。

（……私はもういい加減、認めなければならないかもしれない……）

　十年来の友人を裏切り者の重罪人だと思いたくなくて、悪い仲間に唆されただけだと自分に言い聞かせてきた。しかし、一時の気の迷いだったのなら、もう目が覚めてもおかしくないくらいの時間は過ぎた。

（スタンは、みずから望んで、悪に身を堕《お》としたのだ）

　そう、思わざるを得ない。

　もし、もしも、ふたたびレイモンドの前に現れたら、そのときは——。

「この場にいない者たちにも、この件を伝えてくれ。殿下の護衛には、いっそうの警戒をもって当たるようにしよう。なにか異変を感じたら、ほんの些細なことでもいい、私に報告してくれ」

　この場にいる全員がしっかりと頷き、各自の持ち場へ散っていく。

　腰に佩いた剣を、レイモンドはぐっと握った。スタンリーが次に現れたときが、十数年かけて築いてきた二人の関係の、本当の最期になるかもしれない。レイモンドは腹を括った。

◇◇◇

殴られた自分の左頬よりも、ダリオはレイモンドの右手が心配だった。

(あんなに力一杯殴って、彼の手は大丈夫だったんだろうか……)

またもやレイモンドを激怒させてしまった。あまつさえ、今度は泣かせてしまった。あまりにも愚かで、自分を殴り殺したいくらいだ。

ただでさえ、ダリオ側——ラングフォード王国——に、半年前の事件を知られて動揺していたところに、下衆《げす》な勘繰《かんぐ》りをされたのだ。ダリオにとっては確かめたくて仕方がなかったことだが、あそこで口にすべき事柄ではなかった。

爆発したレイモンドの怒りは暴力となってダリオにぶつけられた。とっさに避けようとすればできたが、発言した瞬間に失敗を悟ったダリオは、あえて受け止めた。

出て行けと叫ばれて、なにも言えずにすごすごと出てきてしまった。

ダリオは王城の中をあてどなく歩き回った。自分がどこへ向かっているのか、なにをしようとしているのか、わからない。ただうろうろと徘徊《はいかい》し、すれ違う侍従や女官たちに頭を下げられた。

まだ仕事中だったことを思い出し、自分の執務室にたどり着くことができたのは、半刻で戻るとハワードに言ってから、ゆうに二刻近くがたってからだった。

執務室の扉を開けたダリオは、椅子に悠然と腰掛けているナサニエルと目が合って一瞬硬直した。

「陛下？」

ナサニエルは薄笑いを浮かべて机に頬杖をついている。

「報告の時間になっても、なかなかおまえが現れないから、私の方が来てみた。どこへ行っていたんだ？」

「……所用で……」

「唇が切れているようだが、だれかに殴られたのか？」

「……ぶつけただけだ」

「ほう、我が国一の騎士であるダリオ・パースが、顔をぶつけた。いつ、どんな状況で、なににぶつけたのだ？　そのせいで私を待たせたのだから、説明してもらいたいな」

ナサニエルの薄笑いは消えない。

「おまえが惑っているのは、マーガレット王女の護衛の騎士、レイモンド・ブラナーだったのだな」

具体的に名前が挙がり、ダリオはついハワードを横目で睨んでしまった。ナサニエルに余計な情報を与えたのは、この男以外にいない。上司に睨まれても、ハワードは素知らぬ顔をしている。このクソ忙しいときに私情で長時間席を空けたダリオへの、意趣返しといったところだろう。

「マーガレット王女に付き添ってジョシュアの部屋に来ているのを、何度か見かけた。言葉を交わしたことはないが、立ち居振る舞いに品がある、眉目秀麗《びもくしゅうれい》な騎士だなと思っていた。私の近衛騎士団長は、どうやら面食いだったらしい」

「ネイト……」

「咎めているわけではない。なるほどそうきたか、と合点がいっただけだ」

くくく、とナサニエルは喉の奥で笑う。ダリオはなにも言い返せなくて、立ち尽くした。もうここまでくれば、ダリオもさすがに自覚した。

一年前、ダリオはレイモンドに一目惚れをしたのだ。寝ても覚めても頭の中はレイモンドのことばかり。こんなことははじめてで、これが恋だと気付かなかった。

どうりでレイモンドと剣の打ち合いをしても真剣にできないわけだ。特別に彼だけ私室への出入りを自由にして浮かれていたのも、すべてそれで説明がつく。

スタンリーと特別な関係だったのではないか、などと疑ってしまったのも、ただの嫉妬。レイモンドに直接聞けば、あんな展開になるのは予想できていた。それでも聞かずにはいられなかった。

その結果があれだ。我ながら馬鹿の極みだ。スタンリーとの仲を聞くにしても、もっと言い方があっただろう。ダリオが悪い。レイモンドは、なにも悪くない。

鏡を見ていないが、自分の顔は一目でだれかに殴られたとわかるらしい。ダリオは絶対にレイモンドの名前は口にすまい、と心に決めた。

　ひとしきり楽しそうに笑ったあと、ナサニエルが向き直ってくる。

「アリンガム王国のこと、ハワードに聞いたぞ。半年前に、そんな事件があったのだな。随分と厳重に隠してくれたものだ。まったく知らなかった」

　ナサニエルは実行犯の人相書きを机に並べ、珍しくチッと舌打ちした。

「どこの国にも不満分子はくすぶっているものだ。国民のすべてが幸せになれる政などない。もちろんそれを目指しているが、幸福を感じる部分は人それぞれで、経済的に満たされていても物足りない者もいれば、たとえ貧しくとも愛する家族とともに暮らせるだけでいいと言う者もいる」

　ナサニエルがだれに語るともなく語る。

「人それぞれだからこそ、犯罪は起こる。どんな理由があろうと、どんな理想があろうと、罪は罪だ。この男たちは重罪人だ」

　バン、とてのひらを机に叩きつけ、ナサニエルは冷え冷えとした碧眼でダリオを見上げてきた。幼馴染みの醜態をからかっていた空気は消え、重い責任を背負った王の顔に戻っている。

「アリンガム王国は、事件を極秘のうちに処理しようとするあまり、暗殺未遂事件に加担した者たちを捜索しきれていない。ひとりも捕まえていないだと？　あの国はいったいどうなっているのだ」

椅子を蹴って立ち上がったナサニエルは、苛々と歩き回りはじめた。

「最悪なことに、マーガレット王女は奴らにとって最重要人物だ。それなのに我々は知らされていなかった。一切を隠したままで結婚話を進めて、なにかあったらどうするつもりだったのだ、あの国は！」

ナサニエルの怒りは当然だ。ダリオもおなじことを考えて腹が立った。いくら国政に興味がないとはいえ、アリンガム王国の王は娘の命が大切ではないのだろうか。マーガレットが哀れだ。あの国が、そこまで愚かだとは思いたくない。

「正規軍にこの件は知らせたのか」

「すでに手配しました」

ハワードが横から答える。

「徹底的に王都内を捜索しろと伝えろ。私の弟と、その妃候補に害意がある奴らが入りこんでいるかもしれないと考えただけで胸くそ悪い。ダリオも厳重に警戒しろ。王城に不審者を入れるな」

「はっ」

近衛騎士団長として国王に敬礼した。

「この馬鹿どもを捕らえてアリンガム王国に突きつけてやろう」

ナサニエルのこの挑発的な笑みを、もしアリンガム王国の王が見たとしたら、きっと震え上がるだろう。そんな凄みに満ちていた。

◇◇◇

祝う会を明後日に控えた日、マーガレットの居室の控えの間にいたレイモンドを、ダリオが訪ねてきた。

顔を合わせるのは、殴った日以来だ。あれから、レイモンドはダリオの私室に行っていない。ダリオの方が一度だけ宿舎に来たが、レイモンドは会わなかった。それから、なにも言ってきていない。さすがに前回のケンカとは事情が違うと、鈍いダリオでもわかっているのだろう。無理に会おうとはしてこないし、手紙も届いていない。

冷却期間を置きたいのか、それともすべては祝う会が終わった後にしようと考えているのか――おそらく両方だろうと考え、レイモンドもあえて動かなかった。

「どうします？」

取り次いでくれた騎士に顔色を窺われ、妙に気遣われているうっとうしさにため息をつきたくなった。そばにいたタラもこちらを注視している。

レイモンドは居留守を使わずに、ダリオに会うことにした。なんとなく、私用ではないような気がしたからだ。

控えの間に入ってきたダリオは、いくぶん固い表情で歩み寄ってきた。レイモンドが殴った左頬には、痣《あざ》も腫れも見られない。よかった。

「こちらへ」

レイモンドは仲間たちの視線が気になったので、例の小部屋にダリオを促した。ダリオは一瞬だけ躊躇ったが、すんなりと小部屋に入ってくれる。しっかりと扉を閉じて、みんなの視線を断った。

狭い空間で二人きりになり、レイモンドは緊張のあまり息苦しさを感じた。おそらく、それはダリオも同様だろう。ガチガチになった男二人が、微妙な距離で向かい合う。まともにダリオの顔を見ることができず、視線を落とした。

「忙しいところをすまない」

まずダリオが口を開いた。

「君に知らせておこうと思って、ここまで来た」

「なんでしょうか」

「手配書の人相書きに似た男たちを王都内で目撃した、という報告が上がってきた」

ハッとしてレイモンドは顔を上げる。苦々しい顔をしたダリオが、まっすぐに見つめてきていた。

「王都内の警備兵に、人相書きの複製を渡してあったのだ。一昨夜と昨夜、二度の報告があった。一度なら他人のそら似ということもあるが、二度あったことから、手配書の男たちだろうと、我々は結論づけた」

「どこで、どのような状況で彼らを見たのですか」

逸る気持ちを抑えきれず、レイモンドはダリオに詰め寄る。

まさか、いま、この時期に、彼らが本当にラングフォード王国の王都に現れるとは――。

「宿屋が並ぶ通りだ。行商人の姿だった。荷は本物で、旅装束は商人そのものだったそうだ。人相書き入りの手配書がなければ、たぶんまったく不審に思われなかった。小道具を完璧に準備していたことから、やはり彼らの背後にはしっかりとした後ろ盾があるようだな」

「行商人……」

「君の友人だったエルウェスも、その中にいたようだ」

スタンリーが商人風の旅装束に身を固め、本物の荷を担いで王都の門をくぐった光景を想像し、レイモンドは沈痛な面持ちになった。元騎士の彼がそこまでして王都に入りこみ、いったいなにをするつもりなのか。こちらが危惧しているとおり、祝賀行事を妨害する企みが進行しているのだろうか。

「王城の守りはいつも以上に厳重にしている。たとえ賊《ぞく》の侵入を許してしまっても、王族や妃候補たちの居室までは絶対にたどり着けないように警備するから安心してくれ」

スタンリーたちが『賊』と称されたことに、レイモンドは瞠目《どうもく》した。しかし、客観的に見れば、彼らは賊なのだ。本人たちは志を高く持ち、将来を憂いた若き革命家のつもりかもしれないが、やり方は常軌《じょうき》を逸した謀反人でしかない。

次に出会ったら斬ると決意したはず。レイモンドは背筋を正した。

「伝えたかったのは、それだけだ」

ダリオは口を閉じ、サッと背中を向ける。レイモンドはとっさに、「待ってください」と引き留めてしまった。

「なんだ?」

振り返ったダリオになにを言おうとしたのか――言葉は用意していない。ただ、このまま帰してしまうのが嫌だと思っただけだった。

「あの、わざわざありがとうございました」

「いや、直接伝えた方がいいかと思って。アリンガム王国にとっても、大切なことだろうし」

語尾を濁らせ、ダリオは視線を逸らした。レイモンドはもう引き留める言葉が見当たらない。ダリオが扉に手を伸ばし、開けようとして――躊躇いを見せた。

「このあいだは、すまなかった」

ぽつりと、小声で謝ってきた。俯いたダリオの背中が丸まっている。大きな体が、小さく見えた。

「君を侮辱したつもりはない。どうしても気になって、聞いてしまった。あんな疑いを持つなんて最低だと思っている」

ダリオがあらためて向き直ってきた。正面から見つめてくる茶色い瞳には、正直な懺悔《ざんげ》の思いと、狂おしいほどの切なさが混ざり合っているように感じた。

「レイモンド、すべてが終わったあと、私のために時間を割いてくれないか。短いあいだでいい。最後に、もう一度、私に弁解の機会を与えて欲しい」

「わかりました」

ほぼ即答したレイモンドに、ダリオが驚いた顔をする。もっと渋られると予想していたのだろう。帰国する前に話したいと望んでいるのが自分だけだと思っていたとしたら、やはり唐変木の激鈍男だ。

ぽかんとしているダリオの左頬に、レイモンドは手を伸ばす。殴ったところに指先で触れた。朝、丁寧に髭を剃《そ》らなかったのか、部分的にざらりとした感触が残っていた。

「殴ってしまって、すみませんでした。腫れませんでしたか」

「だ、大丈夫だ、あれくらい、その、たいしたことはない」

日に焼けた顔が、ほんのりと赤くなってくる。まるでなにも知らない無垢な少年のような反応だ。可愛いと思ってしまう。地位の高さと年齢から、そこそこの経験を積んでいるだろうに、本当にこの男は初心《うぶ》だ。五つも年下で、たいした経験のないレイモンドがそう思ってしまうということは、かなり情けない状況ではないだろうか。

「重要な情報をありがとうございました」

手を下ろし、澄ました顔で護衛の騎士としての礼を述べると、ダリオはすこし残念そうな表情をした。控えの間を辞していくダリオを見送ってから、レイモンドはすぐにタラたちを集めて、いま聞いた話を知らせた。

「まあ、なんてことでしょう。彼らが行商人の格好をしてここまで来ているなんて」

「マーガレット殿下を狙っているのでしょうか。それともジョシュア皇太子殿下？」

「王城のこんな奥まで入れるものですか？」

レイモンドは口々に不安を語る彼女らに「落ち着いて」と諌めつつ、騎士たちには「警戒を怠らないように」と念を押した。

「パース団長は、いつも以上に警備を厳重にしていると言っていた。怯えなくてもいいと思う。ここまでは入りこめないだろう。我々はいままで通りだ。警戒は必要だが、余計な緊張は邪魔になる。タラたちは、殿下のことだけを考えて、いつもどおりに仕えるようにしてください」

背筋を伸ばしてタラが頷く。頼もしい限りだ。

　レイモンドはふと、輪になって話を聞いている仲間たちの一番後ろに立っているリンダに気付いた。ほかの女官たちのように怯えてはいないようだが、落ち着きなく視線が泳いでいる。そういえば、夜遅くにリンダがだれかと逢い引きしていた場面に遭遇したことがあったと思い出した。

「タラ、ちょっと」

　レイモンドはタラだけを呼んで小部屋に移動した。つい今し方まで忘れていた、深夜に見かけたリンダの様子の件をタラに話す。

「逢い引き、ですか」

　タラはしかめっ面になった。リンダはまだ若く、独身だ。恋人がいてもおかしくないが、それが自国内ではなく他国に滞在中に逢い引きしていたとなると、上司にあたるタラには看過できないものがあるのだろう。

（逢い引きではないが……）

　レイモンドは自分がダリオの私室に出入りしていたことをタラに知られてはまずいな、とこっそりため息をついた。

「たしかにリンダには一年程前から恋人がいるようでした。ときどき手紙のやり取りをしていましたし、まあ、日頃の様子を見ていればわかります。休日にどこでなにをしているかまでは、知りませんが……。まさか、この国に相手がいたとは」

リンダは一年前のナサニエル国王の結婚式には同行していない。そのときはまだマーガレット付きの女官ではなかったからだ。

「もしかして、手紙のやり取りをしていた恋人とは別の男が、逢い引きの相手ではないのか？」

「その可能性はありますね。身持ちの固い子だと思っていたのですけど……どうなんでしょう。あの子の私生活をすべて把握しているわけではないので、なんとも言えません」

タラはため息をついて「わかりました」と頷いた。

「リンダの動向には注意しておきます。なにか揉め事を起こされても面倒ですからね」

揉め事、という言葉にレイモンドはつい「うっ」と息を詰まらせた。誤魔化すように咳払いし、「頼みます」とだけ言って小部屋を出る。

控えの間に出来ていた話の輪はすでに解散していて、おのおのの持ち場に戻っている。リンダも他の女官とともに窓際の長椅子に座って、縫い物をはじめていた。

さっきの挙動不審さはなくなっていたが、顔色は若干優れないように見えた。

◇◇◇

ジョシュアの誕生日を祝う会の当日になった。

王都内では朝から広場で旅芸人たちの演奏や歌が響き、屋台では肉が焼かれ、食欲をそそる匂いが漂っていた。商魂たくましい行商人が持ちこんだ晴れ着が飛ぶように売れ、めでたい雰囲気に流された娘たちが着飾って街を練り歩いた。一月も前からじょじょに盛り上がっていた祝賀気分は、ここにきて最高潮に達し、朝からすごい騒ぎになっている。

当然のように小競り合いやケンカ、食い逃げ、掏摸《すり》や窃盗などの軽犯罪が王都のあちらこちらで発生し、通常よりも増やしたはずの警備兵たちが詰め所から出払ってしまう事態になったらしい。その報告を王城内の執務室で受けたダリオは、王都の警備を担当している正規軍の苦労を思った。

王城では、祝う会は昼食会からはじまる。食事のあと、そのままお茶会に移行し、休憩を挟んで、夕方からは晩餐会《ばんさんかい》だ。ジョシュアがまだ十二歳ということを考慮して、深夜までは引き摺らないように計画されていた。

厨房《ちゅうぼう》は早朝から稼働しており、運びこまれた大量の食材が調理されている。会場の準備等は侍従長のハートリーに任せているので、ダリオはそちらの心配はしていない。

気にしているのはスタンリーたちの動きだ。本人たちには気取られないよう、つかず離れずの距離で見張らせている。できれば一網打尽《いちもうだじん》にしたいので、いまは泳がせていた。

逐一、報告が上がってくる。ダリオは執務室でそれを受け取り、ハワードと意見を交換したり、騎士の配備を微調整したりしていた。

（奴らがなにか王城に仕掛けてくるとしたら、夜になってからだろう）

夜陰に紛れて、絶対に動き出すはずだ。そうでなければ、わざわざ、いまこの時期のラングフォード王国の王都に、行商人の姿に身をやつしてまで入りこんだ意味がない。

（一昨日、レイモンドに会えてよかった……）

一番の気がかりだったことがいったんは片付いて、ダリオはホッとしている。

本来ならば、最も念頭に置かなければならないのは国を挙げての行事が無事に終わることだろうが、三十二年生きてきて、かつてないほどに患《わずら》っているダリオなのだ。恋という病に。

（くそっ、恥ずかしい）

我ながら羞恥に身を捩らざるを得ない事態だ。まさかいまさら、こんな年になってから、たったひとりの言動に一喜一憂してしまうとは。しかもそれを、副官のハワードと、幼馴染みでもある国王のナサニエルに知られているのだ。これほどの羞恥があるだろうか。

しかしだれのせいでもない。隠せなかった自分が悪い。というか、自覚するのが遅かった鈍さが悪い。自分がこれほどまでに不器用で、恋愛に関して奥手だったとは、思ってもいなかった。

考えてみれば、ダリオは自分からだれかを口説いたことがなかった。生まれつき身分が高く、そこそこの平均的な容姿で、騎士としての腕がよければ、その気のある女性は勝手に寄ってきてくれた。その中から、ダリオは適当に選んでいたのだ。結婚は真剣に考えたことがなかった。パース家の後継者は、長子のダリオがもうけなくとも兄弟たちの子供がいる。両親が口うるさく結婚を勧めなかったこともあり、ダリオはだれとも深く付き合ってはこなかった。

その結果、こんな三十二歳の男ができあがってしまったわけだ。

（ああ、レイモンド……）

祝う会が終わったら、レイモンドと話せる。それだけでも嬉しいのに、どうやらダリオの無礼な言動を許してくれるような態度だった。いったいどうしたのか。あれほどの怒りが、レイモンドの中で、どんなふうに処理されたのか知りたい。

とにかく、無事に祝う会を終わらせなければいけない。

「団長、そろそろ時間です」

ハワードに声をかけられて、ダリオは立ち上がった。今日は二人とも騎士としての正装をしている。いまからナサニエルが列席する昼食会に立ち会うのだ。

「行こうか」

大広間へ移動するため、執務室を出た。

王城の大広間には白いクロスがかけられたテーブルが整然と並べられ、その上で磨きこまれた何千という銀食器とグラスが輝いている。ジョシュアの妃候補だけでなく、国内外の有力貴族が招待されており、その数は千人にも達した。

これだけの盛大な食事会を開ける国は近隣にはなく、招待客たちはラングフォード王国の資金力に瞠目せざるを得ない。人数分の銀食器を調達するだけでも大変なことで、さらに手の込んだ料理の数々には驚きを禁じ得ないようだった。

ダリオは、席が近い招待客たちとほがらかに歓談するナサニエルの後ろに立っている。ナサニエルの横にはジーンが座っていた。ジーンに好意的な者とそうでない者とを、ダリオはしっかりと見定めておくことも忘れていない。

ジョシュアはナサニエルを挟んでジーンの反対側に座っており、真正面にマーガレットがいる。妃候補たちはジョシュアの周囲に席があったが、すでに本命が確定しているためか、一様に元気がなかった。

そのためだろう、マーガレットの美しさが余計に際立っている。ほかの妃候補たちよりも年上で、すでに大人の色気を纏っていることも、人目を引く要因になった。

マーガレットは初夏らしい鮮やかな緑色のドレスを着ていた。髪の結い方も身につけた宝石も、とても似合っていて、自分の魅《み》せ方を熟知しているとわかる。よく手入れされた白い肌は艶やかで、瞳は生き生きと輝いていた。その堂々とした立ち居振る舞いには自信が溢れている。周囲のまだ少女然とした妃候補たちがどれだけ対抗意識を燃やしても、ジョシュアの目はもうマーガレットに釘付けだった。

昼食会は何事もなく終わり、お茶会へと移っていく。それが終わると、一旦この場は解散となる。ダリオはナサニエルとジーンの後ろについて大広間を出た。王の居室まで警護して行き、控えの間で別行動をしていたハワードを待った。

しばらくしてやってきたハワードが、そっと耳打ちしてくる。

「奴らが動き出しました」

「そうか」

ダリオはひとつ頷き、窓から西に傾きはじめた太陽を見た。あれが西の山に沈む頃、きっと――。

いよいよだと思うと、騎士としての血が騒いだ。

ナサニエルとジーンが王の居室でしばらく寛いでいるあいだ、ダリオは控えの間から近衛騎士たちに指示を出していた。やがて太陽が西の空に沈んでいく。晩餐会の準備が整ったと、侍従が告げに来た。

晩餐会用に着替えていたナサニエルとジーンが部屋から出てくる。二人の護衛は別の騎士に任せることになっていた。扉の脇で見送るダリオに、ナサニエルが視線を向けてくる。

「どうなっている？」

から、ダリオはハワードとともに裏庭へと移動した。


「すべて予定通りに」

「そうか」

ふっと笑い、ナサニエルはジーンを促して大広間へと歩いて行く。しっかりと見送って

◇◇◇

昼食会とお茶会が終了し、マーガレットとともに護衛についていたレイモンドもいったん大広間から居室に戻った。

待っていたタラたちにマーガレットの世話を頼み、レイモンドは控えの間で他の騎士たちと情報交換をする。ダリオの指示を受けた近衛騎士団から、頻繁にスタンリーたちの動きが知らされていた。

テーブルに王城の見取り図を広げる。本来、こうした図は他国の者に貸せる類いのものではない。しかしダリオは、レイモンドたちも当事者だとして、極秘情報であるはずの王城の見取り図を貸してくれたのだ。

王城は広すぎるうえに、客は足を踏み入れる必要がない場所には行かないのが当たり前のため、わずか一月の滞在では構造を把握しきれない。見取り図には細部まで描かれてい

た。おまけに広大な庭のどこに隠し扉があって、どの庭に繋がっているか、秘密の通路の在処《ありか》までわかるようになっていた。

レイモンドだけでなく、みんなが、マーガレットのためにもこの図に描かれた極秘情報は他言しないと誓った。ただ一人を除いて――。

晩餐会までのあいだ、マーガレットはドレスを脱ぎ、うたた寝をしているとタラが伝えに来た。

「あと半刻ほどしたらお起こしして、晩餐会用のドレスを着付けします」

晩餐会までは、まだ二刻ほどあるはずだが、どうやら身支度に一刻半はかかるらしい。タラにとって、この祝う会は大切な姫の晴れ舞台だ。ジョシュアの妃の最有力候補として大勢の貴族たちの前に出るわけだから、それはそれは気合いが入るというものだろう。

事実、昼食会ではマーガレットが一番美しかった。華美すぎないドレスと、濃すぎない化粧もよかった。ジョシュアはマーガレットだけを見つめていた。見守っているこちらが恥ずかしくなるくらい、まだ十二歳の王太子は、年上のマーガレットにベタ惚れのようだ。

タラの仕事には余計な口出しはせず、レイモンドは「わかりました」と頷いた。

「それで、リンダですけど」

表情を変えないまま、タラが声を潜める。

「さっき、また手紙を書いていました。今回もまた、宿舎の洗濯場に出入りしている下働きの子供に駄賃《だちん》を渡してどこかへ届けさせたようです。昨日からもう五通になりますよ」

正確には、王城の見取り図を貸してもらってから五通だ。図を目にしたときのリンダの様子は尋常ではなかった。黒褐色の瞳を爛々《らんらん》と輝かせ、食い入るように凝視していた。まるで目で写し取るかのように。

その後すぐ、リンダはだれかに宛てて手紙を書き、どこかへ持っていった。返事は届いていない。一方通行だ。それも不可解なことのひとつで、逢い引き相手への手紙だったならば普通は返事が来るものだろう。

レイモンドとタラは、リンダに不信感を抱いた。そして密かに監視をしているのだ。見取り図の内容を、城外のだれかに知らせているのではないか、というのがタラと共通の見解だった。もしかしたら、手紙の届け先は、スタンリーの仲間の一人かもしれない。証拠はなにもないが、リンダのことをダリオに知らせた。

国から連れてきた女官のひとりが内通者かもしれないと伝えるのは、レイモンドにとって辛いことだ。従者の人選はレイモンドが責任を持って行った。女官についてはタラの意見を多く取り入れたが、最終的に決定したのはレイモンドだ。

その経緯を察してくれたのか、ダリオは「打ち明けてくれてありがとう」と言ってくれた。話し合った結果、泳がせてみようということになったのだ。

レイモンドは控えの間と繋がっている衣装部屋を覗きこんだ。手紙を子供に託して戻ってきたリンダは、何食わぬ顔をして他の女官とともにマーガレットのドレスの手入れをしている。

そっと視線を外し、タラと、そして仲間の騎士たちと頷きあった。

半刻後、宣言通りタラは仮眠をとっていたマーガレットを起こし、晩餐会のための身支度をはじめた。終わったのは二刻後。そろそろ時間だと、王城の侍従がマーガレットを呼びに来た。大人っぽい紫色のドレスをまとったマーガレットは、昼食会のときとはちがった妖艶な美しさに輝いている。まちがいなく、晩餐会の中心的存在になるだろう、とレイモンドですら確信するほどだ。

タラたちに見送られて、マーガレットは居室を出た。レイモンドたち騎士に囲まれて、大広間へ移動する。だが大広間の扉の前で、二名の騎士だけマーガレットの護衛に残し、レイモンドと他の騎士たちはそこを離れた。王城の正門とは反対側の裏庭へと急ぐ。

広い敷地を誇る王城の敷地だ。回廊を延々と歩いて裏庭に近づいたときには、すでに西の空は茜色に染まっていた。

裏庭の一角には、通用門として王城の下働きの者たちが出入りする裏門がある。警備兵は配置されているが手薄だ。そこから少し離れた場所に、地下通路があった。植木で巧妙に隠された通路の出入り口が見える場所に、レイモンドたちは身を潜める。

もともとは王族の秘密の避難経路として造られたものらしいが、平和な時代が長く続いたせいか、いつしか秘密ではなくなり下働きの者たちの近道として使用されているという。裏門から入るよりも、かなり歩く距離が縮められるそうだ。ただ全員が知っているわけではなく、ごく一部の者たちが「王族のための通路だから本当は通ってはいけない」と知りつつ、利便性に負けて利用している状態だそうだ。

平和が続くと、ラングフォード王国のような大国も、ところどころに気の緩みが出てくるらしい。たとえここから不審者が侵入したとしても、王族の居室までは遠く、たどり着く前に警備兵や精鋭の近衛騎士たちが気付くに違いないという自信もあるのかもしれない。

地下通路の出入り口は暗い。裏門でたかれている篝火《かがりび》の明かりは届かないし、上ったばかりの月はまだそれほど光を放っていなかった。

もしリンダがこの通路のことを下働きの者たちから聞き、見取り図で場所を確認したうえで情報を漏らしていたとしたら、ここが侵入経路の最有力候補だ。

レイモンドはふと、背後に大勢の気配を感じた。スタンリーたちではない。整然とした足並みの揃った落ち着いた空気から、ダリオが近衛騎士を連れて来たのだと察した。

声をかけられなくともわかる。彼の気配はなぜだか安心できるからだ。頼もしい援軍に、レイモンドの気持ちが凪いでいく。スタンリーが現れても動じずに剣を向けると決意していても、いざとなったら怖《お》じ気《け》づいてしまうのではないかと自分が心配だった。けれどダリオがいてくれるのなら、きっと冷静に対処できる。

ダリオには何度か腹を立てさせられたり、あまりの朴念仁ぶりに苛立ったりさせられたが、根本的には全幅の信頼を置いているのだ。自分の命を任せられるほどの男に出会えたことを、レイモンドは神に感謝したいと思った。

それからどれくらいの時間がたっただろう。東の空から上った半分に欠けた月が、王城の真上にさしかかったころ。

地下通路の出入り口から人の気配が伝わってきた。いくら足音を殺していても、複数人の息づかいは消しきれない。ましてや大義名分を振りかざしておのれの正義を信じ切っている男たちだ。信念のために行動を起こしている高揚感が、植木の葉をざわざわと揺らすほどだった。

やがて黒い影が植木の枝をかき分けて現れた。影はいくつも連なって出てくると、ひそひそと小声で会話をはじめる。上下ともに漆黒《しっこく》の衣装と、同色の頭巾《ずきん》を被り、口元まで覆っている。見えているのは目だけだ。剣の鞘《さや》までも黒く塗られていた。

半年前、王と王太子を亡き者とするために現れた集団と、寸分違わぬ格好だった。

レイモンドは右手を左の腰に差した剣の柄に置く。あの中にスタンリーがいるかもしれない。その緊張感が押し殺せなかったようだ。黒装束の男が一人、弾かれたように振り向いた。素早く剣を抜き、「そこに誰かいるのか」と鋭く誰何してくる。

スタンリーの声だった。レイモンドの耳が、彼の声を聞き間違えるはずがない。矢も楯もたまらず、レイモンドは身を潜めていた場所から躍《おど》り出た。続いて仲間の騎士たちも出てくる。

「スタン、私だ。レイモンドだ」

「レイ！」

親も呼ばなくなって久しい愛称で返され、レイモンドの胸がずきりと痛んだ。

そんな場合ではないはずなのに、スタンリーがまず気にしたのはマーガレットのことだった。それが王家に仕えた騎士の名残のようで、レイモンドはますます切なくなる。

「おまえ、どうしてここに？　マーガレット殿下の護衛はどうした」

「スタン、君たちの企みはすでに露見している。剣を捨てて投降してくれ」

レイモンドがそう訴えかけると、背後からばらばらと近衛騎士たちが出てくる。あっという間に黒装束の侵入者たちを取り囲んだ。どう見ても多勢に無勢。スタンリーたちに勝ち目はない。それなのに、彼らは誰一人として剣を捨てなかった。

仕方なく、剣を抜く。冷静になれと自分に言い聞かせながら、剣を構えた。

スタンリーが頭を覆っていた頭巾をむしり取り、月光に素顔を晒す。記憶にある顔よりも痩せて、目が不自然にギラついていた。気分を高揚させるために、なんらかの薬物を服用しているのかもしれない、とレイモンドは思った。だとしたら、薬物の効果が薄まり素面に戻ったとき、元のスタンリーに――レイモンドがよく知る騎士としてのスタンリーに

なるのかもしれない。

　気持ちがぐらつく。斬る覚悟を決めていたはずなのに、剣先に迷いが出た。それを見て取ってか、スタンリーが一歩、間合いを詰めてくる。

「レイ、私たちは国に忠誠を誓った仲間だったな。いまでもその気持ちは変わっていないつもりだ。剣を下ろしてくれないか。話し合えば、我々が正しいことがわかるだろう。我々は国を転覆させる気などない。ただ、王をすげ替えたいだけだ。それですべてが解決する。アリンガム王国は新しく生まれ変わり、最高の国になるだろう！」

「スタン、思想は自由だ。けれど王をすげ替えただけで最高の国になるという発想はどこから来た？　国政とはそんな単純なことではない。現王を暴力によって廃するなど、乱暴すぎる。そもそも騎士は国に忠誠を誓うわけではない。王家に誓うのだ。そんな基本的なことも忘れてしまったのか」

「忠誠を誓うに値するだけのものが、現王にあるとは思えないな。あの色狂いのジジイにはとっとと死んでもらって、薄ぼんやりとしか存在感がない王太子もいらない。アリンガム王国の玉座に相応しいのはマーガレット殿下だ。殿下しかいない」

「だからラングフォード王国に来たのか？」

「絶対に結婚は阻止しなければならない。マーガレット殿下はアリンガム王国のものだ。ラングフォード王国に渡すわけにはいかない。我々はジョシュアという卑《いや》しい育ちのガキのもとへ、大切な殿下を嫁がせるのは反対だ。大反対だ」

王太子殿下を「卑しい育ちのガキ」などと表現したスタンリーに、近衛騎士たちが殺気立ったのがわかった。ザッと足音がして、ダリオがレイモンドの横に並んだ。真紅の甲冑を身につけたダリオは、剣呑《けんのん》な空気を隠しもせずにスタンリーと対峙する。

「おまえはだれだ」

「私はラングフォード王国の近衛騎士団を率いる団長、ダリオ・パースだ」

「これはこれは……。我々のために、わざわざ近衛騎士団の団長様がお出でくださったのか。ありがたいことだな。そんなに暇なのか？」

スタンリーは苦笑して肩を竦める。くだらない揶揄に動じることなく、ダリオははっきりと通告した。

「どんな主義主張があったとしても、重罪人として手配書が配布されている貴様たちを許すわけにはいかない。おとなしく投降すれば乱暴はしないと約束しよう。剣を捨てろ」

「そう言われて、はいそうですかと剣を捨てるわけがない」

スタンリーは嘲《あざけ》るような口調で言い放った。

「あんたの噂は聞いている。ラングフォード王国一の剣士らしいな。ずいぶんとアリンガム王国の騎士を手懐けたようだ。かつての俺の仲間たちが、まるでおたくの部下のように従順じゃないか。どういう手を使ったんだ？　金持ちの国らしく、金目の物でもチラつかせたのか？　それともいい女でもあてがったのか？」

「スタン、やめろ。腹いせに私たちをいくら侮辱しても構わないが、この国の人たちを悪く言うな」

「ほら、これだ。レイは俺の仲間だったのに、いつのまに裏切ったんだ？」

「君とは友人だった。裏切ったのはそっちだろう！」

つい語気を荒げてしまう。体を乗り出したレイモンドを、ダリオが片手で制してきた。

「レイモンド、ここは私に任せろ」

「でも……」

ダリオに、自分とスタンリーの間に立たせることが正解なのかどうかわからない。スタンリーに激しい嫉妬心を燃やしたダリオだ。

「いいから」

ダリオが静かに見下ろしてくる。その目を見て、レイモンドはハッとした。ダリオは冷静すぎるほどに冷静だった。私情は一切感じられない。ここにいるのは、ラングフォード王国の王家を守る、近衛騎士団の団長だった。

「わかりました」

素直に一歩下がり、レイモンドは広くて頼もしいダリオの背中を見つめる。

「もう一度言おう。投降しろ。しなければただの重罪人として捕縛する。騎士としての待遇など望めないと覚悟しろ」

「ふん、そんなもの、欠片も望んではいない」

「そうか。ならば仕方がない」

ダリオがサッと右手を上げる。それを合図に、近衛騎士たちが一斉に動いた。

カン、と金属がぶつかる音がした。剣と剣が交叉し、打ち合いがはじまった。月明かりだけの暗い庭だったが、よく訓練された騎士たちは絶妙な間合いでスタンリーたちを追い詰めていく。

スタンリーたちが死ぬ気で剣を振るっている一方、近衛騎士たちは生け捕りにするつもりで戦っていた。少々手こずっているように見えたが、やがて人数に劣るスタンリーたちに疲れが見えはじめる。息が上がったところで地面に引き倒され、捕縛された。

「くそっ、我々は国のためを思って……！」

倒されたまま後ろ手に縛られたスタンリーが、ダリオとレイモンドを睨み上げてくる。

「本当に国のためを思うなら、もっと別の方法を考えるべきだったな」

ダリオが冷たく言い放つ。レイモンドも同感だったので、無言で頷いた。

ここにいるのは、もう志をおなじくしていた友人ではない。大罪を犯した、ただの愚かな男だった。

黒装束の男たちは、一人も逃がすことなく捕まえることができたようだ。ダリオが指揮を執った捕縛劇は、わずかな狂いもなく完璧だった。レイモンドが気付かない部分までダリオが配慮し、調べ尽くして準備していたのだろう。

「全員を軍の地下牢に連れて行け。ハワード、アリンガム王国に早馬を」

「わかりました」

「私は陛下に報告に行く」

ダリオが次々に指示を出していった。的確でわかりやすい指示の出し方に、レイモンドはあらためて尊敬の念を抱いた。

最後にレイモンドたち――アリンガム王国の騎士――を振り返り、厳しい表情をすこし緩めた。

「協力に感謝する」

「それはこちらの台詞です」

「君たちにとっても憂いがひとつ片付いたことになるだろう。我々も事件を未然に防ぐことができてよかった。捕縛した重罪人の処遇は、これからアリンガム王国と話し合う。今夜のところは、これで解散とする」

いいか？と目で問われ、レイモンドは頷いた。自分たちも、マーガレットに報告すべきかどうか、話し合いの時間を持ちたいと思っている。

近衛騎士たちと去っていく、その堂々とした後ろ姿を、レイモンドは憧憬の瞳で見送った。

後日、ダリオのはからいで、レイモンドは軍の地下牢に繋がれているスタンリーと会うことができた。

半地下に造られた石壁の牢は、初夏という季節にそぐわない肌寒さで、真冬にはさぞかし厳しい環境になるだろうと推測される。ここには捕縛されたレイモンドの仲間がすべて収容されており、王城への侵入の手引きをした疑いが濃厚なリンダも別の区画にある牢に入れられていた。

「この列の奥から二番目だ」

ここまで案内してくれたダリオに場所を教えてもらい、二重に鉄格子で守られた出入り口をくぐったレイモンドはひとりで奥へと進んだ。

「スタン……」

薄暗くて狭い独居房の隅に、うずくまっている人影が見える。呼びかけるとのろのろと頭をもたげた。

「レイ」

人影が立ち上がり、こちらへ歩いてくる。ジャラリジャラリと鎖が擦れる音がした。片方の足首に鉄輪がはめられており、そこから独居房の壁まで鉄の鎖が繋がっている。

「レイ」

近くまで寄ってきたスタンリーの顔は、無精髭《ぶしょうひげ》のせいか荒んで見えた。こんな姿を見てしまっては、可哀想だと思ってしまう。やはり、ただの重罪人と割り切ることは難しい。

「スタン……」

どうしてこんな馬鹿なことをしたのか、なにが不満だったのか、本気で現王と王太子を亡き者とするつもりだったのか、忠誠を誓った騎士なのに——。

半年間、これまで幾度となく心の中で繰り返してきた疑問を直接ぶつけたいと思ってここに来たレイモンドだが、いざ本人を前にすると胸が詰まったようになって声が出ない。スタンリーもじっとレイモンドを見つめるだけで、なにも言わなかった。

「スタン、私になにかできることはないか」

口から出たのは、そんな言葉だった。目の前の顔が、ふっと笑う。

「祈ってくれ。国のために」

「……おまえのためではなく？」

「俺のことなど、どうでもいい。俺は、本気で国を憂いていた。すべて失敗に終わったが」

声音にはまだ力があり、スタンリーらしい言い回しだった。

「それで、もう俺のことは忘れろ」

「スタン……」

「もう会いに来るなよ。顔を見るのは、今日で最後にしよう」

繋がれた姿を見られたくない、という矜持から生じた強がりかと思ったが、どこか清々しさを感じる表情から、そうではないと気付いた。スタンリーは、やるだけのことはやったという充実感を抱いているようだった。

母国に移送されたら裁判が待っている。スタンリーたちの罪は言い逃れができないほど重く、はっきりしていた。間違いなく極刑が下されるだろう。会えば会うほど、きっと辛くなる。レイモンドだけでなくスタンリーも辛い思いをするなら、もう会わない方がいい。

「……わかった。もう会わない」

「それがいい」

満足そうに頷き、スタンリーはまた鎖をジャラリと鳴らしながら、独居房の隅に戻っていく。石の床にうずくまって動かなくなったのを見て、レイモンドは鉄格子から離れた。

来た道を戻り、出入り口へ行く。ダリオが待っていてくれた。

「話はできたか？」

「はい、ありがとうございます」

本来ならだれとも面会などさせないだろうに、ダリオがレイモンドを思い遣って、スタンリーに会わせてくれたのだ。

地下牢を出て、外の明るい太陽を仰ぎ見る。スタンリーが二度と日の当たる場所には出られないのだと思うと、哀れだった。

「レイモンド」

そっと声をかけられて振り向いたところ、ダリオに腕を引かれた。あっという間に物陰に引っ張りこまれる。言葉もなくぎゅっと抱きしめられた。レイモンドも広い背中に腕を回し、抱きしめ返す。

寂寥《せきりょう》感と悔恨《かいこん》、そしてダリオへの感謝と愛情が体中で渦巻いている。

「ダリオ、私は……」

なにか言わなければと思えば思うほど、うまく言葉が組み立てられなかった。

「いまはなにも言わなくていい」

慰撫《いぶ》するような優しい声音で囁かれ、レイモンドはダリオの胸に顔を押しつけた。喉元まで嗚咽《おえつ》がこみ上げてきて、涙がこぼれた。

「す、すみません……」

「だれも見ていない。私だけだ。気にするな」

「……はい……」

友人との永遠の別れ。

いまはただダリオに甘えて、悲しみをやり過ごすことしかできなかった。

正規軍の地下牢へ行ってきたことを、レイモンドは仲間のだれにも言わず、いつものようにマーガレットの護衛についた。

ジョシュアの誕生日を祝う会は無事に終わり、翌日には招待客と妃候補のほとんどが帰路についた。王城に残っているのは、マーガレットだけだ。ジョシュアは予告していたとおり、マーガットと二人で今後の話をしたらしい。はっきりと求婚されたこと、できるならそれを受けたいことを、タラに打ち明けた。タラは急ぎ手紙をしたため、アリンガム王国へ早馬を走らせた。

しかし、帰国する日は十日後と決まった。

マーガレットがいつ帰国するか、じつは揉めた。ジョシュアがなかなか首を縦に振らなかったからだ。いくらジョシュアが引き留めても、マーガレットは一月程度の滞在予定で来ていたのだ。結婚話は本人たちの口約束のみで、まだ国同士の取り決めは一切進んでおらず、他国の独身の姫を理由なく引き留めるには、限界がある。

細々とした事情と常識というものを、どうやらナサニエルが説いたようだ。ジョシュアは渋々ながら了承したらしい。

ジョシュアの気持ちが強ければ、おそらく成人を待つことなくマーガレットはラングフォード王国に移り住むことになるだろう。そしてジョシュアが成人してすぐに挙式、という流れになりそうだ。

それが何年後になるのか、レイモンドには想像がつかない。マーガレットが三度この地に足を踏み入れることになったとき、はたしてだれが護衛の騎士に任命されているのかも、わからない。

「来たばかりのときは一月の滞在は長いと思いましたが、あと十日で戻らなければならないのはすこし寂しいですね」

タラが侍女に話しかけている。リンダの不祥事のせいで、タラは一気に何年かぶん老けたようだ。けれど大切な姫の輿入れが本決まりになれば、また復活するだろう。

レイモンドは引き継ぎをして、マーガレットの居室を出た。今日の仕事はもう終わった。あと十日。いい加減にはっきりさせなければならない。

宿舎に戻ったレイモンドは軍服を脱ぎ、普段着に着替えると共同浴場へ行って体の隅々まで丁寧に洗った。そしてひとつの決意を胸に、厨房へ向かったのだった。

◇◇◇

一日の仕事を終えたダリオはハワードを労い、執務室の奥にある私室に入った。

薄暗い、人気のない空間に、ため息がこぼれる。ランプに火をともし、まず服を着替えた。

窓から外を眺める。なんとなく宿舎の方を窺ってしまうのは、レイモンドがいまどこでなにをしているのか気になってたまらないからだ。

（エルウェスに会わせたのは間違いだったか……）

よかれと思って地下牢へ連れて行ったが、とても落ちこんでいたように見えた。腕の中でかすかに震えていた彼が愛しくて、衝動的にくちづけてしまいそうになったことには、たぶん気付かれていない。

（今日はきっと、こちらには来ないな）

スタンリーとの友情の日々を、レイモンドは宿舎で静かに思い返しているだろう。

あと十日しかない。ダリオの中に焦りがある。せめて想いを告げたいと思っているが、いつどんなふうに言葉にしたらいいのか見当がつかない。経験がないことは難しいものだ。

扉がコツコツと叩かれて、ダリオはハッと我に返った。だれかが来たようだ。ここを訪ねてくるのは、レイモンド以外にはハワードとナサニエルしかいない。

何気なく扉を開けたダリオは、訪問者の顔を見て目を丸くした。レイモンドだった。

濃紺の軍服ではなく飾り気のない白いシャツ姿だ。私服であることから、すでにレイモンドも今日の仕事を終えているとわかる。

「入ってもいいですか、ダリオ」

「あ、ああ、どうぞ」

予想していなかったレイモンドの訪問に内心動揺しながら、ダリオは扉を大きく開く。

レイモンドは勝手知ったるなんとかでするりと入ってくると、まず一礼した。

「ダリオ、今日はありがとうございました」

「ああ、そのことか。たいしたことはしていないさ」

レイモンドはソファに座った。ダリオは果実酒の瓶を取り出し、グラスを二つ用意する。

今夜はここで長居していってくれると思って、いいのだろうか。

「今日の仕事は、もう終わったのか？」

「終わりました。明日は午後からなので、時間はたっぷりあります。私は今夜、あなたと深い話がしたくて、来ました」

「えっ、深い話？」

「そうです」

どういうことだろう。ダリオは隣の長椅子に腰を下ろし、グラスに果実酒を注いだ。

それをレイモンドがぐいっと飲み干した。弱いのに、そんな飲み方をしては体に悪い。

「ダリオは、私のことをどう思っているのですか。どうするつもりですか」

挑むような目で見つめてくる。その水色の瞳はランプの光を反射して、きらきらと黄金のように光っていた。美しすぎて、魅入られたように、ダリオは動けなくなった。

「どう、とは……?」

「あと十日しかありません。十日のちに、私は国に帰ります。このまま私が帰ってもいいのですか。二度と会えないかもしれません。運良く何年後かに会えたとしても、そのとき私が妻帯していてもいいのですか」

「それはだめだ！」

自分でも驚くほどの大声が出た。慌てて口を手で塞ぐ。大きな声に目を丸くしたレイモンドだが、すぐに破顔した。

「どうしてだめなのですか?」

「それは……その……」

「あなたは私にたくさん手紙を書いてくれましたね。便箋何枚にも、私を賛辞する言葉を綴り、思いの丈をぶつけてくれました。けれど、肝心な言葉がありませんでした。この部屋にしょっちゅう来るようになっても、あなたは言ってくれなかった。私はその肝心要の言葉がほしいのです」

「え……」

肝心なこと。つまり、あれか。

ということは、レイモンドはもうダリオの本心を察しているということか。でも、あれは、口にしていいものだろうか。目の前の愛しい人を怒らせる結果になりはしないか。

「ほら、言ってください」

レイモンドが間合いを詰めてきて、まるで戦いを挑むように、気合いのこもった目を向けてくる。

「私に言わなければならない言葉があるはずです。もっとも大切な気持ちを表す言葉です」

「しかし……」

ダリオは全身に汗をかいた。剣の打ち合いならば、どれほど追い詰められたとしても、いまほど切羽詰まった心地にはならない。

レイモンドの白い指が、ダリオの胸をとんと突いた。

「言いなさい」

もう観念するしかない。ダリオは一度目を閉じた。意を決して目を開き、ダリオはまっすぐにレイモンドを見つめた。

「愛している」

生まれてはじめて口にした、愛の言葉だった。

「昨年、はじめて会ったときから、たぶん愛していた。気付いたのは今回の滞在中で、つい数日前だ。君のことで私の頭の中はいっぱいで、君のことしか考えられなくなっているのに、ぜんぜん自覚がなかった。この部屋に君を自由に出入りさせると決めたときは、まだ自覚していなかった。それなのに、君に会えないと死にそうだとハワードに訴えていたわけだ」

「では、私が帰国して会えなくなったら、ダリオは死ぬのですか」

「……すぐに死ぬことはない。けれど、生きながら死んだも同然だろう。近衛騎士団長の任を降り、領地に帰ると思う。君がアリンガム王国で幸せに暮らしていることを願いながら、ゆっくりと老い、死んでいくのも悪くは――」

「そんな死に方、あなたらしくないですね」

ふん、とレイモンドが鼻息荒く、切って捨てる。

「あなたはまだ三十二歳です。この頑丈そうな体は、あと二十年は騎士として持つでしょう。引退して領地に戻るのは、そのあとでもいいのではないですか。ああでも、騎士を引退しても、国王が隠居を許すとは思えませんね。若い騎士たちの指南役として、王城に留まることを望まれそうです」

レイモンドは理想的な将来を語るが、ダリオにその気がなければ実現はしない。愛する者がそばにいない生活など、愛を知ったダリオにとって意味がなかった。

「ダリオ、私も言わなければならないことを言っていません。いまから伝えてもいいですか?」

「……なんだ……?」

「私もあなたを愛しています」

願望が生んだ幻聴かと思った。それほどに予想もしなかった言葉だった。呆然としているダリオに、レイモンドが不審げな顔をする。

「そんなに驚かれるとは思いませんでした。私はずいぶんとダリオに甘えていたと思うのですが」

「あ、いや、そう……かな」

酔うと膝に乗ってきたり、ひとつの寝台で眠ってもなにも言わなかったりして、ずいぶんと信頼されているなとは思っていた。

「ダリオ……」

レイモンドの手が伸びてきて、ダリオの手に触れた。

「ん？」

なにかがダリオのてのひらに渡された。ちいさなガラスの瓶だった。中には琥珀《こはく》色の液体が入っている。

「菜種油《なたねあぶら》です。ここに来る前、宿舎の厨房で分けてもらいました。食用なので、体に悪いことはないでしょう」

「これが……？」

一体なんのためのものかと首を捻るダリオに、レイモンドは呆れた様子でため息をつく。

「わかりませんか」

「わからない」

「どうしようもない朴念仁ですね」

「すまない……」

　レイモンドがおもむろに席を立った。ダリオの正面に来ると、酔ってもいないのに膝に乗り上げてくる。反射的に、腰に腕を回した。

「ど、どうした？」

「こういうことです」

「えっ、あ？」

　気がつくと唇が重なっていた。目を白黒させているダリオに構わず、レイモンドが唇をついばんでくる。唇に軽く歯を立てられた瞬間、背筋を快感が走り抜けた。

　貪るように吸っていた。歯列を割って舌を潜りこませ、レイモンドの薄い舌をまさぐる。ひらひらと舞うように動く舌が、恐ろしく官能的だった。

　何度も角度を変えて口腔内を舐め尽くし、鍛えられてはいるが自分よりもずっと細い肢体に両手を這わせる。どこをどう触っても、てのひらからどんどん欲情が増していくようだった。

　夢中になってレイモンドを抱き竦め、はずみで長椅子に押し倒してしまう。「痛っ」とレイモンドが声を上げた瞬間、ハッと我に返った。

レイモンドは長椅子の肘掛けに頭をぶつけてしまったようだ。ケガをしたのかと焦ると同時に、シャツのボタンが半分以上ちぎれて飛び、白い胸がほとんど見えてしまっているレイモンドの姿に唖然とした。

(私がやったのか？　私が？)

本人の了承を得ずに無体を働いてしまった。

慌ててレイモンドの上から退こうとしたダリオの首に、下から素早く腕が伸びてくる。首に回った腕にぐっと力がこめられ、鼻先が触れるほどの至近距離まで顔が接近した。

彼が艶やかに笑う。どんな大輪の薔薇《ばら》よりも華やかに、どんな宝石よりも光り輝く笑みだった。くちづけのせいで濡れた唇が、ゆっくりと言葉を紡ぐ。

「ここは狭い。寝台に連れていってくれませんか」

「……いいのか」

「ほら、あなたの馬鹿力を発揮《はっき》するときですよ。私を寝台まで運んでください。それともあれしきのくちづけで腰が立たなくなってしまったんですか？」

生意気なことを言われて、ダリオは急いでレイモンドを横抱きにして立ち上がる。そのまま部屋を横切り、自分の寝台に下ろした。

「さっきの小瓶を持ってきてください」

指示されて、長椅子の下に落としてしまっていた小瓶を拾った。それを寝台横の台の上に置く。おとなしく横たわったまま待っていてくれたレイモンドの上に覆いかぶさった。

「本当に、このままいいのか？」

「よくなければ、そんなもの、わざわざもらってくるわけがないでしょう」

小瓶をちらりと見て、レイモンドが笑う。

「ああ、レイモンド……！」

ダリオは歓喜の雄叫《おたけ》びを上げながら、寝台の上であらためてレイモンドを抱きしめた。

◇◇◇

「レイモンド……！」

まるで長いあいだお預けをくっていた大型犬のように、ダリオがのし掛かってくる。それを受け止めながら、レイモンドはホッとしていた。

ダリオが息を荒げてレイモンドの体から服をむしり取る。自分の服も乱暴に脱ぎ捨て、剥き出しの胸を重ねてきた。レイモンドは両手を伸ばし、ダリオの逞しい背中に回す。鍛え上げられた筋肉の手触りは最高だった。

ダリオがすでに猛りきっている股間を腹に押しつけてくる。体格に見合った大きさだ。

自分を想ってここまで高ぶっているという事実に、感動すら覚える。ダリオはレイモンドの頭を抱えこむようにして、また熱心にくちづけをはじめた。

ダリオの唇と舌は気持ちいい。口腔を舐め回されるのも、舌を甘噛みされるのも好きだ。背筋が蕩けるほどの深い官能があり、ずっとくちづけていたいくらいだ。けれどレイモンドはもっとダリオに触れたかった。

腹にぐいぐいと押しつけられている性器をまさぐる。握りこんでみると、やはり大きかった。自分のものとはちがう器官のようだ。

「う……っ」

レイモンドに触られてダリオが色っぽく呻く。もっと呻かせたくて、レイモンドは両手で大きな性器を擦った。くちづけを解いて、ダリオが「やめろ」と命じてくる。構わずに擦り続けると、「やめてくれ」と懇願口調に変わった。

先端から先走りの体液が溢れ出してきて、レイモンドの手を濡らす。滑りがよくなって、擦りやすくなった。先端の丸みとくびれの部分を指先でくすぐるようにしてみた。

「レイモンド、それはまずい、まずい、うっ」

目を閉じて苦悶の表情を浮かべ、ダリオが全身を強張らせた。その直後、どっと手の中に熱いものが溢れる。びくびくと跳ねながら、性器が白濁を迸らせた。大量に溢れたそれを、レイモンドは恍惚《こうこつ》としながら手で受け止める。

愛する男をいかせたのだ。自分の手で。

息を乱してがくりと項垂《うなだ》れたダリオの頬にくちづける。しっとりと汗に濡れていた。

「ああ、レイモンド……」

熱い吐息とともにくちづけが返される。可愛い男だ。愛しさが胸に溢れてきて、レイモンドはきつく舌を吸うことで応えた。

今度は君の番だと言われ、レイモンドはダリオの愛撫を体中に受けることになった。

肌という肌に唇が押し当てられ、強く吸われる。白い肌に赤い薔薇の花弁が散ったように見えた。ダリオがことさら執拗《しつよう》に弄《いじ》ってきたのは、胸の突起だった。レイモンドは男でもそこで感じることができると知り、戸惑った。

「あっ、ん……っ」

舐められ、吸いつかれ、舌で押しつぶされる。もう片方は指で擦られ、摘まれ、痺《しび》れるような快感に喘ぎ声が止まらない。猛った性器はダリオの腹筋でぐりぐりと押され、だらだらと先走りがこぼれた。気持ちいい。

「レイ、レイモンド、声をもっと聞かせてくれ。君の声は耳に心地いい」

熱っぽく囁かれて恥ずかしさが募る。女のように喘ぐ声など聞かれたくない。我慢したいのに、しきれなかった。

「私の、声など……みっともない、だけです……」

「そんなことはない。私は君の吐息を聞いているだけでもう復活した」

その言葉は嘘ではなく、ダリオの性器はすでに力を取り戻している。それを誇示するようにレイモンドの性器に重ねてきた。ぐりぐりと卑猥《ひわい》に腰を動かされて、いきり立った性器が二本、腹筋のあいだで転がされる。

「ああっ、あっ、いや、ああっ」

一度声が出てしまったら、もう耐えるのは無理になった。その声に煽られてか、ダリオの愛撫がさらに熱心になる。ジュッと音がするほど勢いよく胸を吸われ、同時に性器を性器で刺激され、レイモンドは欲望を迸らせた。頭が真っ白になるほどの快感だった。

しばらく放心して胸を喘がせる。

ダリオがごそごそと動いて、脱いだシャツで体液を拭いてくれた。四肢を投げ出して仰《ぎょう》臥《が》しているレイモンドの横に、その大きな体を横たわらせる。労るような手つきで肩を抱いてきた。

「レイモンド……」

額に、頬に、優しくくちづけてくる。今夜だけで、過去に関係した女性たちとのくちづけの延べ回数を超えただろう。腰骨のあたりに触れているダリオの性器が熱い。一度達したくらいでは、治まらないようだ。淡泊な方だと自覚しているレイモンドですらそうなのだから、ダリオは言わずもがなというところだろう。

それに手を伸ばしながら、レイモンドは上体を起こした。

「動かないでください」

ダリオの股間に顔を近づける。間近で目にする性器の迫力に気圧されそうになりつつ、レイモンドは舌を伸ばした。ダリオが低く呻く。手の中でぐんと勢いを増した性器を愛しく思った。

花街の娼妓に一度だけしてもらった覚えがあるが、すでに記憶は薄れている。きっとこうすれば気持ちがいいだろうと、ダリオのことだけを考えながら口腔で愛撫した。先端から滲み出てくる体液の苦さも、また愛しい。いつしか夢中になって舌を動かしていた。

「あっ……」

レイモンドの下半身にダリオの手が触れてきた。頭と足が互い違いになるような体勢を取らされ、羞恥に顔が熱くなった。性器だけでなく尻の谷間までダリオの視線に晒される。

「あ、いやっ」

尻の谷間を手で広げるようにされ、レイモンドは逃げようとしてしまった。しかし、なんのために小瓶を用意したのか思い出す。

「続けていいか?」

ダリオの問いかけに、レイモンドは唇を噛んで頷いた。

「ああっ」

後ろの窄《すぼ》まりにぬるりとしたなにかがあてがわれる。谷間に沿って上下するそれがダリオの舌かもしれないと思いついたとき、レイモンドは羞恥で死ねると思った。そんな愛撫の仕方があるなんて、知らなかった。そしてそれが信じられないほど気持ちいいことも、知らなかった。

「ああ、ああ、ダリオ、ダリオ……っ」

はじめて味わう快感に、レイモンドは取り乱した。男同士はそこで繋がるのだという半端な知識だけで挑んだ。たとえどれほど痛くとも、ダリオのために耐えるつもりだった。まさかこんなに、溺れるほどの快感があるとは――。

「あ、んっ」

舌が離れ、細長いものがそこに入れられた。指だ。ダリオの指。剣を握るために鍛えられた指が、レイモンドのあんなところに入っている。唾液で濡れていたそこは、ダリオの指をすんなりと受け入れ、中で動くことを許した。粘膜をかき回される心地よさに、レイモンドは恍惚とする。ダリオの性器を愛撫することなど、とうにできなくなっていた。

指が二本に増やされ、三本になった。そのころには、指が届く浅いあたりにひどく感じる場所があることがわかった。指の腹で押すようにされると、性器から白濁が漏れそうになる。そう訴えると、ダリオはもう片方の手でレイモンドの性器の根元を押さえてしまった。何度も気をやると疲れてしまうから、と言われたが、辛かった。

「ダリオ、許してください、もう、もう……っ」

「駄目だ、我慢しろ」

「できません。もう、無理……」

寝台にうつ伏せ、尻だけを高く掲げた体勢になっていたが、そこに恥ずかしさを感じる余裕などない。しくしくと泣き出してしまったレイモンドに、ダリオが愛の言葉を囁いてくれる。そして星の数ほどくちづけてくれた。

気が遠くなるほどの長い時間、我慢を強いられ、すべての指が抜かれた。性器も解放される。けれどくわえ込むものがなくなった窄まりが寂しさを主張し、ひくひくと蠢《うごめ》いた。はやく、なんとかしてほしかった。

背後でガラスの瓶の蓋を外す音がした。肩で喘ぎながら首だけ振り返る。膝立ちになったダリオが、自分の一物に油を塗っていた。入れてほしい。愛する男と繋がりたい。レイモンドは心からそう思った。

「レイモンド、できるだけ優しくする。耐えてくれ」

ダリオの声が上擦っていた。興奮してくれている。嬉しくて、涙が滲んだ。

解された窄まりに、太くて熱いものがあてがわれる。それがゆっくりと挿入された。広げられる痛みと恐れ。やっとダリオと結ばれる喜び。レイモンドは敷布に爪を立てて、すべてを受け入れた。

時間をかけて、根元までレイモンドの中におさまった。臍の下あたりにまで入ったような気がして苦しい。それでも満たされた想いの方が強く、レイモンドはこっそりと微笑んだ。

「動くぞ」

ゆっくりとダリオが腰を引いた。抜けそうになる直前に、またゆっくりと、慎重に押し入ってくる。油のおかげで、動きは滑らかだ。粘膜をまんべんなく擦られて、未知の快感にレイモンドは背筋をのけ反らせた。

「ああ……」

ダリオが体を引くときにぞくぞくとした快感が湧き起こる。ぐっと押しこめられたときには、前からなにかが漏れそうな鋭い快感があった。ダリオの動きに身を任す。背中をくねらせて腰を捻った。偶然いいところに当たり、「ああっ」と嬌声《きょうせい》を上げる。すると、すかさずダリオがそこを突いてきた。

「ああ、ああ、ああ、ダリオ、いい、そこ、そこ……！」

「わかっている、ここだな」

ダリオの動きがいつしか激しくなっていた。油が立てる濡れた音と、肉が肉を打つ音、そしてレイモンドの喘ぎ声が部屋に充満した。挿入のときにいったんは萎えかけていたレイモンドの性器は、ふたたび漲《みなぎ》っている。それをダリオが後ろから握りこんできた。

「あーっ、あっ、あー……っ！」

動きに合わせるようにして扱かれ、深い官能に囚われた。もうなにを口走っているのかもわからず、貪欲に尻を振り、ダリオが与えてくれる快感を貪った。

「だめ、もう、ああっ、ダリオ、ダリオ、あーっ」

「レイモンド、あぁ、すごい……」

「ダリオ、いい、いいっ」

「愛している、レイモンド、レイ！」

「ダリオ！」

レイモンドが絶頂を極めると同時に、ダリオも欲望を解放していた。体の奥に熱い濁流が叩きつけられる。それにも感じてしまい、レイモンドはきつく抱きしめられながらびくびくと震えた。

「レイ……愛している……離れたくない……」

切なく繰り返すダリオが、何度もうなじにくちづけてくる。レイモンドもおなじ気持ちだったが、ちがう主に仕えている以上、どうしようもなかった。

「ダリオ……」

もっと抱いてほしい、と自分からも唇を求める。向かい合い、足を絡めながら、激しくくちづけた。

だ。

「今度は、前からしてください。あなたの顔を見ていたい……」

ダリオは黙って望みを叶えてくれた。痛みはもうほとんどない。あるのは深い官能だけ

「ああ、ああっ、ダリオ、もっと、もっと」

「愛している、レイ、レイ！」

両足を開き、男を後ろに迎え入れる行為に耽溺《たんでき》しながらも、レイモンドは女扱いされているとは思わない。自分は男としてダリオに抱かれている。誇りある騎士だ。主のために命を懸ける。

けれど魂だけは、愛する男のものだ。この肉体も、いまはお互いのもの。

いつかかならず再会できると信じて、いまはただ、ダリオの指に指を絡めて、愛情を伝えることしかできなかった。

◇◇◇

マーガレット一行が帰国して、一月が過ぎた。

夏の盛りはあと七日ほどで終わり、晩夏と呼ぶ季節になる。

ダリオは王城の物見台に立って王都を見下ろしながら、ついいましがた届いた手紙を懐

から取り出した。レイモンドからだ。この一月で、十通を数えていた。自国に到着するまえから手紙を書き、途中の街から送ってくれていたのだ。ダリオからは、彼が向こうの王都に到着したとわかるまでは手紙を書くことはできなかった。

もう見慣れたレイモンドの字を、ダリオは愛しさをこめて指先でそっとなぞる。やっと王都に着いたと、手紙には書かれていた。近況報告のあとには、決まって愛の言葉が綴られている。

愛している。あなたとの夜が忘れられない。もう一度、あなたに抱かれたい――。

「レイモンド……」

ああ、とため息をつき、ダリオは青い空を見上げた。この空は、アリンガム王国の空に繋がっている。彼もこうして空を見上げているだろうか。

はじめて体を繋げることができた夜から、帰国の日まで、ダリオとレイモンドは寸暇を惜しんで抱き合った。彼はどんなに乱れてもなぜか品を失わず、美しかった。けれどときには感情が高ぶりすぎて、涙ぐむこともあった。

そんなレイモンドだが、最後の日、濃紺の軍服を身にまとって愛馬に跨がり、マーガレットの馬車の横に待機する姿は凜々しかった。目元がほんのわずか、赤く腫れていたことだけが、前夜の名残だ。

ぐっと歯を食いしばり、見送りに立った近衛騎士団の中のダリオを決して見ようとしなかったのは不自然だったけれど、だれもなにも言わなかった。レイモンドが最後の十日間、護衛の任務を果たしながらも、どこでどう過ごしていたか周囲の者はみんな知っていたからだ。

レイモンドがダリオの私室で寝起きしていることが周囲に知られるのは避けがたく、噂が先行してレイモンドが愛人扱いされて後ろ指をさされる可能性があった。そのため、ダリオは二人の仲を公表した。ナサニエルが認めていると発言してくれたため、表立って批判してくる者はいなかった。

マーガレットがナサニエルとジョシュアに別れの挨拶をし、馬車に乗りこむ。静かに動き出した隊列を、ダリオは無言で見送った。

あれから一月。

ダリオは生まれてはじめて独り寝の寂しさを味わっている。愛するものを腕に抱いて眠る幸せは、一度知ってしまうとあとが辛いとわかった。けれどこの孤独は、じきに解消されるだろう。

思った通り、ジョシュアのためにナサニエルが外務大臣をせっついている。できるだけ早くマーガレットがこちらに移り住めるように、いま話し合いを進めているところだった。

両国間を行き来する早馬は、休む間もなく駆けている。ときには王の親書を携え、ときにはジョシュアのマーガレット宛ての手紙を携え、ひっきりなしだ。かなり人手と馬を増やして対応していると聞いた。これからダリオの手紙もそこに加わるわけだが。

早ければ一年後には、マーガレットが来るだろう。ジョシュアの婚約者として王城に滞在することになりそうだ。そうすれば、護衛の騎士としてレイモンドもやってくる。彼は選ばれるように努力すると約束してくれた。

その日を夢見て、いまは便箋に綴られた彼の文字を目で愛でる。

「レイモンド……愛している」

そっと便箋にくちづけて、ダリオは目を細めて青い空を見上げた。

おわり

■あとがき■

こんにちは、はじめまして、名倉和希です。

「騎士に捧げる騎士の初恋」を手に取ってくださって、ありがとうございます。この本は、二〇一八年発行「王子様と鈍感な花の初恋」のリンク作です。話は繋がっていないので、「王子様～」を未読でも大丈夫ですが、できたらナサニエルとジーンの出会いの物語を読んでもらえると嬉しいです。

今回はジョシュアの嫁取りに絡んだ話になりました。兄が同性と結婚してしまったので、弟に世継ぎを作る責任がのし掛かってしまいました。でも安心してください、ジョシュアは女の子が大好きです！　思いこんだら一途なので、なんと十二歳にして年上美人を射止めました！　これでラングフォード王国は安泰です。

たぶんジョシュアは愛妾も持ちます。なにせ女の子が大好きですから。十年か十五年後くらいには子供がわらわらと産まれ、後宮が賑やかになっていることでしょう。

脳天気なジョシュアは頼りにならないから、ジーンがマーガレットと愛妾たちのあいだを行き来して、諍いを仲裁したり宥めたり愚痴の聞き役になったりしていそうです。苦労性のジーン……。

ダリオとレイモンドは、なんだかんだと仲良くしていくでしょう。レイモンドはマーガレットの輿入れに同行してラングフォード王国の王都カノーヴィルに入り、そのまま移り住むことになります。ダリオのたっての願いを受け入れ、王都内にあるパース家の屋敷で同居することになるでしょう。

ダリオの執務室奥にある私室は、じつは風呂がないんです。愛情を確かめ合ったあと、さぞかしレイモンドは不便だったでしょう。かわいそう。レイモンドはパース家の屋敷では当主の配偶者として扱われ、それはそれで居心地が悪いかもしれませんが、人手の多さとスペースの広さから、便利さでは勝つのではないかな。末永く、お幸せに。

さて、今回もイラストはひゅら先生です。私の脳内にいるダリオよりもずっとカッコ良く描いてくださいました。レイモンドは凛々しさの中にも優しさがあって、素敵です。どうもありがとうございました。

この本が世に出るころは、夏真っ盛りですね。今年の夏はどうなんでしょうか。夏が苦手なので、暑さはほどほどにしてくれるとありがたいです。

それでは、またどこかでお会いしましょう。

名倉和希

初出
「騎士に捧げる騎士の初恋」書き下ろし

CHOCOLAT
BUNKO

この本を読んでのご意見、ご感想をお寄せ下さい。
作者への手紙もお待ちしております。

あて先
〒171-0014東京都豊島区池袋2-41-6
第一シャンボールビル 7階
(株)心交社　ショコラ編集部

騎士に捧げる騎士の初恋

2019年7月20日　第1刷

著　者:名倉和希
発行者:林 高弘
発行所:株式会社　心交社
〒171-0014　東京都豊島区池袋2-41-6
第一シャンボールビル 7階
(編集)03-3980-6337 (営業)03-3959-6169
http://www.chocolat_novels.com/
印刷所:図書印刷 株式会社

オメガは運命に誓わない

発情を抑えきれないほどの恋心

大手電子機器メーカーで働く朱羽千里は取引先のβに実らない片想いをしていた。諦め切れないでいたある日、造形作家でαの黒江瞭と出会い、誘いをかけられる。甘い顔立ちをした美形だがΩを下に見るような態度が許せず、すげなく拒んでしまう。もう二度と会わないだろうと思っていた矢先、朱羽はαとΩ専用のクラブで発情期に入ってしまった。抗えない欲望に耐え切れなくなり、偶然居合わせた黒江と身体を重ねてしまって——！？

安西リカ
イラスト・ミドリノエバ

誰がお前なんかと結婚するか！

千地イチ
イラスト・yoco

…どうしたらいい。あんたに夢中だ。

高校教師の椿征一は、婚活パーティーで軽々しくプロポーズする派手な金髪頭の藤丸レンに呆れていたが、同じヘヴィメタル・バンドのファンだと知り意気投合する。気づけば泥酔し親友への秘めた想いまで喋っていた。藤丸はそんな椿にキスしプロポーズする。ろくに抵抗できないまま抱かれてしまった翌日、藤丸がウェディングドレスブランド『Balalaika』のCEO兼デザイナーで、椿の親友の仕事相手だとわかり——。